권순기의 교육 감동

시대를 내다보는 실용 과학자 · 가야 할 길을 알려주는 교육자

권순기의 교육감동

미래를 통찰하여 개척해 온
실용적인 교육관!

이미 닥쳐온 AI·4차 산업혁명 시대
우리 교육은 무엇을 준비할 것인가?

권순기 지음

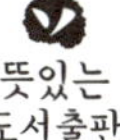
뜻있는
도서출판

초등학교 운동회

지리산

사천 항공 에어쇼

쇄소응대 쓸고 닦고 사람을 바르게 대하라, 남명의 가르침 성주사 마당

믿음과 근면함으로

삿됨을 막고 정성을 다하여

우뚝 솟은 산처럼

넓고 깊은 연못처럼

영화로운 봄처럼 빛나고 빛나라

庸信庸謹 閑邪存誠 岳立淵中 燁燁春榮

다시, 용을 키워내는 개천을 꿈꾸며

경의敬義, 그 불씨를 이어

내 학문의 시작은 남명에서 출발했다. 남명 조식曺植은 1501년, 합천 덕곡의 산천이 봄 안개에 휩싸였을 때 태어났다.

남명은 김해와 산청에 머물며 학문을 넓혔고, 수많은 제자를 길러내었으며, 세속의 부귀영화를 멀리한 채 삶의 중심을 '경敬'과 '의義'에 두었다.

세상은 그에게 수차례 벼슬길을 권했지만, 남명은 끝내 낙동강을 건너지 않았다.

그는 김해의 학당에서, 그리고 지리산 자락의 산청에서, 마음을 닦는 '경'과 옳음을 실천하는 '의'를 가르쳤다.

그리고 1572년, 산청 단성의 덕천서원 근처에서 평생의 여정을 마쳤다.

그곳의 하늘과 바람이 그의 마지막 숨결을 지켰고, 지리산이 그를 품었다.

나는 산청 단성에서 태어나 자란 후학이다. 마을 어른들이 남명 선생의 이야기를 들려줄 때마다 그가 선택한 삶의 태도가 내 가슴 깊이 스며들었다. 성인이 될 때까지 남명은 내 마음속의 큰 바위 얼굴로 남았다.

그것은 단순한 옛 선비의 고집이 아니었다.

세속의 요란함에 휩쓸리지 않기 위해 자신을 지키는 '경'이었고, 세상의 불의 앞에서 물러서지 않는 '의'였다.

쇄소응대, 생활 속의 인격 수업

책을 펼치는 첫 장에서 나는 여러분과 작은 이야기 하나를 나누고 싶다.

그것은 화려한 이론도, 복잡한 철학도 아닌 '쇄소응대灑掃應對'라는 네 글자이다.

쓸고 닦고, 사람을 바르게 대하라는 뜻이다.

이 네 글자는 송대 주자가 편찬한 『소학小學』의 첫머리에 등장한다.

원문은 "灑掃應對, 進退周旋, 必有常經"이라 하여,

"쓸고 닦고, 응대하며, 나아가고 물러나고, 이리저리 움직이는 모든 일에는 반드시 일정한 법도가 있어야 한다"라는 뜻을 전한다.

거침없는 상상력과 모험, 도전이 가능한 교육 환경을 마련해줄 수 없을까

지난 2024년 6월 경상국립대 총장으로서 마지막 날, 나는 머리에 야구 모자를 쓰고 정장과 바지 대신 청바지를 입고 출근했다. 평소의 옷차림과 너무나 다른 모습이라 나 자신도 낯설고 어색했지만, 그것은 꼭 한번은 해보고 싶었던 내 버킷 리스트 중의 하나였다. 어디에도 매이지 않은 자유인으로 돌아가는 것 같은 하나의 상징처럼 느껴졌기 때문이었다.

어색하고도 홀가분했다. 그리고 고마웠다. 그동안 나와 함께 일해왔던 주위의 사람들은 놀라워하면서도 그날의 소소하고 개인적인 나의 하루에 기꺼이 동참해 주었다. 그들이 묵묵히 나와 함께 뜻을 맞추고 열심히 일해 주지 않았다면 그날의 그 홀가분함은 온전하지 않았을 것이다. 그래서 오늘의 내가 있음이 나만의 힘이 아니라 나를 믿고 함께 해준 사람들의 힘이란 생각에 다시 고마움을 느꼈다. 고마움은 곧 보답해야 할 마음의 빚이 되었다. 그것은 아주 오래된 감정이다. 주위의 믿음에 응당히 보답해야 한다는 생각은 철들면서부터 줄곧 따라다니던 것이었고 그렇기에 그만큼 열심히 노력했다.

그렇게 1987년 이후 38년간 나의 세상이었던 학교를 떠나 더 넓은 세상으로 나왔다.

그동안 총장 집무실 컴퓨터를 켜서 그날의 업무일지를 열 때마다 그 위에 있는 문구를 다시 되뇌어 보았다.

"너는 경상국립대를 위해 무엇을 할 수 있다고 생각하느냐? 무엇을 변화시킬 것이냐?"

이 말은 학교를 떠나온 지금까지 나 자신에게 되묻곤 한다.

"내가 받은 고마움의 빚을 위해 나는 무엇을 할 수 있을까? 무엇을 변화시킬 것인가?"

내 고마움은 나의 가난함에서 왔다.

지리산 한 자락, 산이 겹겹이 쳐진 경남 산청의 찢어지게 가난한 집 소년. 미래를 생각할 때면 어서 자라서 일해야 한다는 생각밖에 떠올리지 못했다. 상상하고 꿈꾸기보다는 지금 현실에 충실할 수밖에 없었고, 내일을 향하기보다는 가난한 현재의 오늘을 넘기기에 바빴다. 그런데 그 소년이 자라서 대학으로 진학하여 박사과정까지 공부할 수 있었고, 첨단 미래산업을 개척하는 화학소재 기술을 연구하면서, 대학 교수가 되어 제자들을 길러냈다. 그리고 그 꿈은 커져 두 번이나 국립대 총장이 되어 학교를 이끌기에 이르렀다. 함께 하는 사람들의 의지를 끌어내고 한데 모아, 혼자서는 할 수 없는 일을 실행할 수 있었다. 버겁고 힘들었지만, 한 개인으로서는 특별한 경험이었고 영광스러운 일이었다.

내가 거쳐왔던 그 과정은 국가 공교육의 힘이 크다. 자연 내 고마움의 빚도 국가 공교육에 지고 있다.

다른 어떤 사교육의 힘없이, 비싼 교육비 대신 국공립학교가 제공한 교육의 힘이 없었다면 아무것도 가진 것이 없었던 내 홀어머니의 힘만으로 나를 그 자리까지 끌어올리지는 못했을 것이다. 이는 나뿐만 아니라 당시 나와 같은 처지의 친구들도 비슷한 과정을 거친 이들이 많다. 나와 친구들은 우리나라 공교육의 혜택을 받은 사람들이다. 그러니 우리나라 교육이나 선생님들, 그리고 나아가 우리 사회에 대한 신뢰와 고마운 마음은 남다르다. 공동체의 힘으로 키워졌으니, 공동체에 대한 믿음과 기여에 관한 관심도 크다.

공교육의 활성화는 사회에 대한 믿음의 근간이 된다. 나는 이것이 아름다운 전통, 혹은 유산으로 이어지기를 바라고 있다.

그런데 지금도 공교육의 힘만으로 내가 처했던 것과 같은 어려운 환경의 학생들이 과연 내가 도달할 수 있었던 곳까지 가 닿을 수 있을까?

내가 그동안 교육 현장에서 제자들과 함께 배우고 확인한 것은 각자의 처지와 환경은 달라도 관심을 보이고 한마디의 말이라도 북돋아 주면 대부분 이루어내고 말더라는 사실이다. 생각보다 꿈은 질기고, 힘이 세다. 심지어 전염도 잘 되었다. 그러나 그 꿈은 저절로 커나가기 전까지는 옆에서 힘을 돋우고, 관심을 주어야 했다. 개인의 노력도 중요하지만, 주위에서도 도와야 했고, 각자의 고유한 때도 있었다. 하나의 성공과 하나의 실패에는 많은 요인이 따랐다. 장석주가 '대추 한 알'이란 시에서 '저게 저절로 붉어질 리는 없다 / 저 안에 태풍 몇 개 / 저 안에 천둥 몇 개 / 저 안에 벼락 몇 개'라고 노래한 것처럼 말이다.

지속적인 관심, 적절한 환경 마련, 적절한 때에 의욕과 열정을 불러일으키는 동기부여가 필요했다.

이것이 요즘의 공교육이 해주어야 하는 영역이 아닐까?

세상의 선생은 제자들이 꿈을 찾고 스스로 동력을 얻을 때까지 꿈의 힘을 키워, 활짝 펼치길 바란다. 그것을 위해 농부가 그렇듯 교사들은 몇 배로 부지런해야 한다는 사실도 배웠다. 제자들에게서 아주 작은 남다름이 보였다면 그것은 그들의 엄청난 에너지와 노력이 들어간 것이다.

지금 우리나라 교육의 현실은 내가 거쳐온 그때와는 많은 면에서 다르다.

사회 계층의 격차가 벌어진 만큼 교육의 격차도 크게 벌어지고 있다. 온라인 등 기술적 기반의 변화로 교육에 대한 전반적인 접근은 비교적 쉬워졌지만, 그 질적인 차이는 비용의 차이로 벌어졌다. 그 격차가 걱정스럽다. 이런 격차를 방치할 경우, 우리 사회의 역동성도 떨어져 정체된 사회가 될 우려가 있다.

한 명이라도 소외되는 사람이 없게 하기 위해서는 좀 더 학생 개인에 맞는 맞춤 형태의 교육으로 바뀌어야 하고 그것을 인정해 주는 제도적 보완이 필요하다고 생각한다. 요즘은 인구 감소, 극심한 사회 변화로 학령기가 따로 없다. 학생 수도 줄어드는 데다, 배움의 시기도 따로 정해져 있지 않다. 그래서 언제 어디서든, 누구라도 원하는 교육을 받을 수 있도록, 더 세밀하고 구조화된 교육의 장과 프로그램이 마련되어야 한다고 생각한다. 이제는 수요자 중심, 즉 배우는 이들의 관점에 맞추어, 그들의 동기와 속도, 그리고 한계와 복원력에 관해 세밀한 관심을 기울여야 할 것이다.

이처럼 공교육의 힘이 예전 같지 않은 상황에서 또 다른 커다란 사회 변화가 일어나고 있다.

오래전 30여 년이 훨씬 지난 1990년대 후반에 "부의 미래"와 "제3의 물결"에서 정보산업 혁명 시대를 예견한 앨빈 토플러 Alvin Toffler는 한국 교육에 대해 비판을 한 적이 있다.

"한국 학생들은 미래에 필요하지 않은 지식을 너무 많이 배우고 있다."

이 말은 아직도 잊히지 않는다.

앨빈 토플러는 또 한국의 아이들은 학교에서 배우는 내용의 90%를 사회에 나가서 쓰지 않게 될 것이다. 왜냐하면 앞으로의 사회에 중요한 것은 "지식"보다 "변화에 적응하는 능력"이며, 학교는 정보를 주입하는 것이 아니라, 아이들에게 사고하는 법을 가르쳐야 한다고 강조했다.

이 말을 한 때로부터 어느덧 30여 년이 흘렀다. 다시, 30여 년이 지난 이 시점에 인공지능AI 기반의 기술혁명의 시대가 이미 시작되었다.

세계 여러 선진국의 정책 또한 AI 기반 기술 발전과 그 활성화를 위해 미래 융합 교육에 역량을 모으고 있는 이때 우리 교육 또한 이에 맞추어 차근차근 토대와 시스템을 마련해 가야 할 것이다.

AI 맞춤형 학습, 심리 상담 멘토링 시스템, 실시간 교육 행정 보조 시스템, 스마트 팜이나 스마트 제조 등 AI 기반 산업현장에 맞는 직업교육, 올바른 기술 활용과 인간성 교육 등 생각해 보면 교육 환경 변화도 융합 교육에 초점을 맞춰 전방위적으로 일어날 것을 예측할 수 있다.

이런 전면적인 기술적 변화는 인간과 교육에 대해 보다 더 근본적이고 치열한 고민과 성찰을 요구한다. 그래서 한 사람의 교육 행정가로서 현장에서 느낀 고민을 한 사람의 교육자로서의 진지한 성찰을 담아보았다.

특히, 인간의 지적 영역을 뛰어넘는 인공지능이 인간들이 일하던 영역을 대체하고 있는 이때 새삼스럽게 인간존재에 대해 생각하게 된다. 인공지능과는 다른, 인간의 본성과 인간다움이란 무엇인가를 어쩔 수 없이 다시 묻게 된다. 적어도 인간은 유한한 존재이다. 생로병사에 갇혀 있는, 유한한 인간과 데이터의 무한 복제가 그대로 다운로드와 업로드되는 인공지능과의 지적 능력 싸움에서 인간이 이길 수 있을까? 이러한 시대를 살아야 할 미래 세대를 위하여 오늘의 우리는 무엇을 어떻게 준비하고 교육해야 할까?

이처럼 변화에 대처하려면 유연성도 중요하겠지만 다시 본질에 눈을 돌리게 된다. 그래서 아주 오래된 말을 소환해 본다.

수천 년 전 아리스토텔레스Aristotle가 말하지 않았던가?

"모든 인간은 본성적으로 알기를 원한다."

시대가 변화함에 따라 교육의 의미나 내용, 환경이 많이 달라졌음에도 그 어떤 효용성을 뛰어넘어 사람들은 본질적으로 알기를 원하고 배움에서 기쁨을 느낀다.

나는 이 배우는 즐거움, 알고 싶어 하는 호기심에 다시 눈길을 돌린다. 거침없는 상상력과 모험, 도전이 가능한 교육 환경을 마련해줄 수 없을까 생각한다.

배우는 즐거움과 배운 것을 현실화하는 것, 꿈을 실현할 수 있게 하는 것, 그리고 사람과의 관계에서 안정감을 체험하는 시간을 제공해 줄 수 있는 공교육을 꿈꾼다.

꿈꾸는 것을 위해 날아오르는 용들을 품어내는 작지만 마르지 않는 개천을 원한다. 이 바람이 개척과 도전의 세월을 보내고 난 뒤 새로 생긴 꿈이다.

모든 아이들이 각각의 능력에 따라 세상을 살아갈 수 있도록 양성하는 교육을 꿈꾸며, '평범한 아이라 할지라도 스스로에게 동기부여를 할 수 있다면 세계적인 학자나 기술자로 자라날 수 있다'라는 게 변하지 않는 나의 신념이다.

"배우고 때때로 익히니 이 또한 기쁘지 아니한가?"

2025년 가을

1부

제각각의 성질이 있고
놓여있는 처지가 있다

우뚝 솟은 산악처럼   넓고 깊은 연못처럼

岳　立　淵　中

● 박금숙 경남도립미술관 관장 글씨

친구들과 놀면서
공부하고 가르치기

마을 사람들은 가끔 어머니께 말했다.

"아~(아이) 좀 잘 키우소."

그 소리를 옆에서 들을 때면 나는 괜히 억울하고, 또 어머니께 미안했다.

특별히 내가 무엇을 잘못해서가 아니라 맡겨진 역할 때문이라 생각하기도 했고, 또 어렴풋이 내가 어정쩡한 상태에 끼어있다는 것도 알았다.

나는 학교에서 반장을 하다 4학년 무렵부터 전교 학생회 부회장을 맡았고, 반에서는 선생님을 돕는 부담임이거나 혹은 반 조수 같은 역할을 맡고 있었다. 그때 선생님은 갓 부임한 초임 선생님이었는데, 바쁜 업무 중 그날의 수업에서 학습한 것을 마지막으로 확인하는 일을 나에게 맡겼다. 우리 반은 수업을 모두 마치고 나면 그날 외우고 공부한 것들을 다 외워야만 집으로 갈 수 있었다. 자연스레 그 일을 맡은 나는 아이들이 공부를 다 마쳐야만 집으로 갈 수 있었다. 그러니 어린 마음에 그것이 마냥 좋기만 한 것도 아니었다.

어느새 나는 친구들을 관리하고 가르치는 아이가 되어있었다. 때로는 선생님을 대신해서 잘못한 아이들을 혼내기도 하였다. 그러면 그 친구는 자기 부모님께 이르기도 했는데 그럴 때면 그리된 이유는 쏙 빼놓은 채 자신에게 유리하게 하소연하곤 했다.

그 사정을 훤히 아는 나는 억울하기도 하고 그러면서도 괜히 나 때문에 욕을 먹는 것 같아 어머니에게 미안했다.

입 밖으로 애정이 어린 말을 하지 않았어도 나는 어머니에게 전부였다.

아버지는 내가 10살 무렵인 초등학교 3학년 때 돌아가셨고 혼자된 어머니는 나를 키우기 위해 주위 마을을 다니며 행상을 하여 살림을 꾸렸다. 철이 없었을 때는 그런 어머니가 무척이나 부끄러웠다.

돌아보면 아버지 없는 시골집에 어머니와 나뿐이었고 우리가 어떻게 사는지 사람들은 별다른 관심이 없었다. 그래서일까? 지금 생각하면 나는 남에게 지고 못 사는 성깔 있는 아이였고, 혼자라고 느꼈기에 아무도 나를 이길 수 없는 "악바리"가 되었다. 이 외에도 별명이 몇 개 더 있었는데, 키가 작고 공부를 잘하였기에, 땅콩 천재, 악바리 천재, 소련 땅개, 작은 고추 등등으로 불렸다. 그 속에는 하나같이 작고 단단하고 만만치 않다는 뜻이 담겨 있다. 성격이야 그렇더라도 내가 천재라고 불렸던 것은 공부할 때 그들이 무엇을 물어도 잘 대답해 주었기 때문일 것이다. 아이들은 자신들을 가르치기 위해서 내가 얼마나 공부를 더 많이 해야 했는지 몰랐을 것이다. 그저 자신들과 놀기만 하는 성깔 있는 악바리로만 알았을 것이다.

지금 생각해 보면 나는 원하진 않았지만, 친구들을 가르치면서 내 공부를 하게 되는 특이하다면 특이한 경험을 일찍부터 하게 되었다. 그 덕분에 나는 똑똑한 아이, 천재라는 소리를 듣고 다녔다.

나에게 반 아이들을 맡긴 4학년 때 담임선생님은 그 뒤 6학년 때 올라가서도 담임선생님이 되었다. 그러니 친구들을 가르치면서 공부를 또 하게 되었는데, 친구들을 가르치다 보니 가르친다는 것이 몇 배로 공부를 더 많이 해야만 한다는 사실을 일찍이 알게 되었다.

또한 지독한 독서광이었는데 초등학교 도서관에 있던 책이란 책은 다 읽었던 것 같다. 만화, 무협지 가리지 않고 다 본 것으로 기억한다.

친구들과 노는 것을 좋아하면서도 책 읽기도 좋아했고, 여느 친구들처럼 활달하면서도 또 한편으로는 나름대로 생각도 많았던 것 같다.

웅변대회, 글쓰기, 그림 그리기, 자유교양경시대회 등 여러 행사나 각종 대회에도 학교 대표로 참가하기도 하였다. 이러한 경험은 자연스럽게 남 앞에서 아이들을 이끄는 경험을 쌓게 되었다.

내가 동네에서는 엄청난 개구쟁이였음에도 나를 믿었던 선생님 덕분인지 아니면 내게 뭔지 모를 믿음직한 구석이 있었는지 대체로 선생님들 또한 나를 믿고 맡길만한 책임감 있는 아이로 대해주셨다. 그래서 지금도 당시 학교 선생님들에게 고마움을 느끼고 있다.

나는 초등학교 4학년인데도 전교 학생회 부회장을 맡았는데, 6학년이 되었을 땐, 전교회장을 맡았다.

어릴 때 어머니는 내게 엄하신 편이었다. 어머니는 아버지 역할까지 다하신 분이셨다.

그래서인지 나의 천성이 호기심 많고 놀기좋아하는 개구쟁이였을지라도 어머니의 엄한 교육 덕분인지 행동이나 표현이 지금도 직접적이지가 않고 조심스러운 편이다. 경상도 특유의 무뚝뚝한 면이 있지만 내게는 여전히 "악바리" 기질이 있다. 또 일에 있어서는 도전적이고 집요한 편이라고 사람들은 말한다.

남에게 알려지지 않은 가난함 속에서도, 행상을 해서 나를 키운 어머니는 은근히 내가 끝까지 공부하기를 원하셨다. 학교는 무슨 일이 있어도 꼭 보내셨고, 할 수 있는 한 끝까지 지원하셨다.

서울대 석사 졸업식 어머니와 함께

학교에서 나는 월사금을 가장 먼저 내는 학생이었다. 그러나 사실 가정형편으로는 그렇지 못했는데, 학교 월사금은 어머니가 아주 힘들게 마련한 돈이었다. 그런데도 가장 먼저 학비를 내는 학생이었기에 아무도 우리가 사정이 나쁠 것이라고는 생각하지 않았다. 나를 잘 모르는 사람들은 내가 꽤 여유가 있는 집안 학생이라 생각했지만 나를 잘 아는 가까운 사람들은 우리집이 아주 가난하다는 사실을 알고 있었다.

어머니의 이런 은근한 자식 교육에 관한 관심을 느꼈을 때가 고등학교 진학을 앞둔 시점이었다.

고등학교 진학을 앞두고, 우리 집 가정형편에 학비가 걱정이라, 주위에서 한독공업고등학교나 금오공업고등학교로 갈 것을 추천하는 분이 많았다. 그런데 어머니는 달랐다.

"너는 진주고등학교로 가서 공부를 계속해야 한다."

고 아주 강하게 주장하셨기에 결국 인문계 고등학교인 진주고등학교로 진학하게 되었다.

어머니는 당신이 할 수 있는 한 나를 끝까지 교육하려 하신다는 것을 그때 알았다. 실제로 내가 초중고등학교 12년 내내 개근한 것은, 자식 교육에 대한 어머니의 특별한 최선과 정성 덕분이라고 생각한다. 3년 뒤 고등학교 졸업식 날 어머니는 진주고 "장한 어머니상"을 받으셨다.

한참 뒤에야 어머니의 자식 교육에 대한 의지에는 형님들처럼 공부해야 한다는 어머니의 집념이 있는 것을 알았다.

사실은 우리 집안이 자식 공부시키는 것에 관심이 많았다. 위로 형님들도 도시로 나가 일찍부터 공부했고 또 대학까지 진학했다. 세 형제 중 두 명은 서울대, 한 명은 한양대에 진학하였다.

중학교에 진학해서 반 배정을 받고 보니 1학년 담임선생님이 권인현 선생님으로 집안의 당숙 어른이었다. 그 덕분에 나는 무작정 놀지를 못했는데, 2학년 때부터는 눈 떠서 저녁이 될 때까지 놀았다.

집안 형편에 사교육은 근처도 갈 수 없었고, 2학년 겨울방학 내내 놀다가 3학년 첫 시험에서 충격적인 결과가 나왔다. 시험이 끝난 뒤 담임선생님이 어머니께 말했다.

"이대로라면 고등학교 진학에 문제가 있습니다."

그날 어머니께 엄청나게 혼이 났으나, 새벽에 나를 위해 기도하는 모습을 보고 공부를 시작했다. 3학년 1학기 말에는 다시 예전의 성적으로 되돌릴 수 있었고 2학기부터는 전교 1등을 계속했다.

요즘도 내가 교육계에 몸담고 있다 보니, 공부에 관해 물어 오는 사람들이 많다. 학생일 때는 공부 잘하는 법에 대해 많이 물어왔지만, 가르치는 일을 하게 된 이후로는 어떻게 하면 잘 가르칠까에 관해 물어 온다. 나 또한 그에 대해 관심이 많다.

친구들의 공부를 점검하고 가르치면서 공부하다 보니, 자연스럽게 공부 잘하는 아이가 되어있었다. 공부를 잘해서 그랬던 것인지, 담임선생님을 비롯한 주위 사람들의 기대와 인식이 그랬기에 그렇게 된 것인지 알 수 없지만, 일찍부터 가르치는 처지가 되어보는 경험은 중요하다고 생각한다.

지금도 나는 학생들에게 언제나 공부하고 싶게 만드는 방법, 즉 학생 스스로 공부하게끔 동기를 불러일으키고자 이런저런 방법에 대해 고민을

1996년 MIT post Dr. 시절

많이 하게 된다. 내 경우를 보았을 때 남을 가르치는 것도 공부 잘하는 방법의 하나라 생각하고 있다. 강한 동기부여와 몰입은 공부 뿐만 아니라 세상 모든 일에서 한번은 겪어봐야만 하는 체험이라고 나는 늘 강조한다.

Serendipity, 화학과의 만남

고등학교 2학년 신록의 봄이었다. 피부에 닿는 물은 아직 차갑고 햇볕은 따스해, 나른해지는 계절. 아마도 사월 어귀였을 것이다. 아직 신학기의 여운이 남아 있어 선생님이나 친구들이 서로를 잘 모를 때였다.

화학 시간이었다. 화학 수업은 화학실에서 이루어졌고, 화학 선생님은 중요한 내용을 미리 칠판에 판서를 해놓았다. 그 필기 내용은 한번 써놓으면 10개의 반이 다 배울 때까지 판서 되어있는 상태로 있었다.

점심시간 뒤 오후 첫 수업 시간 전이었다.

장난꾸러기 친구와 나는 화학 반에 일찍 도착했고 점심 먹고 난 뒤라 나는 화학 실험대에 엎드려 자고 있었다.

어디선가 얼음처럼 차가운 물이 목덜미에서 타고 흘러내려서 그 서늘함에 깜짝 놀라 눈을 뜨니 친구가 칠판 앞에서 나에게 약을 올리고 있었다. 친구가 화학실 스포이드로 잠자고 있는 내 등줄기에 물을 쏘아 장난을

친 것이었다.

나도 스포이드로 친구에게 물을 쐈는데, 친구는 물을 피해 칠판 앞에서 풀쑥 주저앉아 피해버렸다. 그 덕분에 화학 선생님이 판서해 놓은 칠판 위에 물방울이 떨어져 주르륵 흘러내렸다.

그때 마침 수업 시작 종이 울렸다. 우리는 놀라 선생님이 판서해 놓은 칠판에서 물 자국을 지우기 위해 지우개로 닦았다. 그랬더니 칠판이 더 엉망이 되어버렸다. 친구와 내가 당황해서 어찌할 바를 모르고 있을 때 화학 선생님이 들어왔다. 그리고 칠판을 보더니 누가 그랬는지 어서 앞으로 나오라고 하셨다.

친구와 난 눈이 마주쳤고 내가 앞으로 나갔다. 그리고 걸레대로 엉덩이를 맞았다. 내가 잘못한 일이 명백했다. 훌륭한 선생님이셨고 수업을 잘 가르치는 분이셨다.

마침, 어머니가 자취방에 오셨다. 나는 당시 진주고에 다니면서 혼자 자취하고 있었는데, 여전히 장사하시던 어머니는 일주일에 한두 번씩 내 방에 들르셨다. 어머니는 내 수상쩍은 행동에 이유를 물으셨고 나는 선생님께 맞았다고 말씀드렸다. 어머니는 나를 나무라셨다. 나는 잘못을 깨닫고 화학 선생님보다 더 화학을 잘해야겠다고 마음먹었다.

마침, 자췻집 옆집에 경상대 화학교육과에 다니는 누나가 있어서 그 누나에게서 일반 화학책을 빌렸다. 그리고 무섭게 공부했다. 코피는 쏟지 않았지만, "코피 터지게" 정말로 열심히 했다. 밤늦게까지 이해하기도 어려운 화학책을 읽고 요약하고 모르는 것을 다시 보고 그래도 모르는 것은 요약정리 해서 또 보고, 그렇게 몇 달을 공부했다. 그 뒤 기말시험에서 화학으로 전교 1등을 했다. 당시는 화학 본고사를 보던 시절이라 화학 시험 문제가 아주 어려웠지만 나는 최고의 우수한 성적을 받았다.

그렇게 나는 처음으로 전력을 다해 죽어라 공부해 본 경험을 얻었다. 그것이 마침 화학이었고, 그 덕분에 나는 화학을 가장 잘하는 학생이 되었다. 실제로 그렇게 공부를 해놓으니 그 뒤부터는 화학이 쉬웠다. 화학 선생님과도 좋은 사이가 되었다. 그 뒤 3학년에 진학하였을 때, 운명처럼 화학 선생님이 담임이었다.

그리고 내가 총장 이임식 하는 날에도 나를 화학의 길로 가게 하셨던 선생님을 축사로 모셨다.

나는 화학과의 만남을 예기치 못한 만남이나 행운을 뜻하는 세렌디피티Serendipity라고 표현하곤 한다. 사실 이 용어는 실험실에 딱 어울리는 말이기도 하다. 실험이나 연구 중에 우연히 발견하거나 발명하는 것을 의미하는, 실험실에서 만들어졌을 법한 용어이다. 나는 이 말을 필연적 우연으로 받아들이곤 한다. 우연이지만 결코 우연이 아닌, 필연의 그림자가 느껴지는 우연을 만났을 때를 떠올리기 때문이다.

방탄 소년단 지민의 세렌디피티라는 곡이 있다.

"이 모든 건 우연이 아냐 그냥 그냥 내 느낌으로 온 세상이 어제와는 달라"라는 가사를 가진 이 곡에서도 그런 느낌을 담고 있다. "우주가 처음 생겨났을 때부터 모든 건 정해져" 있는 "우주의 섭리" 같은 것에 대해서 가사는 말하고 있다.

화학은 그렇게 내가 죽을 듯이 진심으로 공부를 해본 과목이었고, 서울대학교 사범대로 진학하고 난 뒤에도 가장 잘하는 과목이었다.

대학교 1학년이 되었을 때, 모든 것이 신기한 대학 생활이어서 1년 내내 공부는 뒷전이고 노느라 공부를 제대로 하지 않았다. 그럼에도 실험뿐만 아니라 일반화학 성적만은 좋았다.

2학년 전공을 선택할 때에 나는 스스럼없이 화학교육을 선택했다. 2학년 유기화학 첫 시간, 일반화학 및 실험(4학점) 교수님께서 "왜 화학을 선택하였는지에 대해 설명하라"는 리포트를 내주셨다.

나는 무엇을 쓸 것인지 고민하다가 고등학교 때 이야기를 써서 과제물을 제출하였다. 그리고 까맣게 잊어버렸다.

3년 뒤 졸업하는 날, 학과 사무실로 졸업장을 받으러 갔다.

내 졸업장 속에 내가 쓴 과제, '나는 왜 화학을 선택하였나'라는 과제물이 안에 들어있었다. 교수님이 하신 일이었다. 내가 몇 년 전 쓴 것임에도 그것을 읽으며 나는 전율했다.

옆에서 그 내용을 들은 어머니는 나에게 물었다.

"니 언제 그렇게 맞았노?"

어머니조차 까맣게 잊고 계셨다.

화학과 필연적인 우연을 맺게 된 내 사례를 들어가며 나는 학생들에게 한 번쯤 자신의 전공에 미친 듯이 몰입해 보라고 권한다. 미친 듯이 무엇엔가 몰입해 보는 경험을 통해서 자신의 한계와 가능성에 대해서 어떤 기준점을 얻게 된다. 그것을 기준으로 앞으로 나아가다 보면 자기 확신이나 자신감을 얻게 된다. 끝까지 한번 가보는 것, 굳이 비유하자면 대학의 새 내기들이 흔히 자신의 주량을 알기 위하여 취할 때까지 술을 마셔보는 경험을 하는 것과 비슷할 수도 있다. 실수를 줄이려면 자신의 한계를 알아야 절제를 할 수 있기 때문이다. 그와 마찬가지로 삶에서 한 번쯤 좋아하는 것에, 혹은 해야만 하는 일에 미쳐보는 것도 좋지 않을까?

고등학교 때 선생님께 배운 나의 화학 기초 지식이 빛을 발한 적이 또 있었는데, 박사후과정으로 미국 MIT에 연구하러 갔을 때였다.

실험실에서 누군가의 실수로, 밖으로 새어 나오면 안 되는 불산HF이 후드에서 유출되었다. 불산은 노출되면 안 되는 독극물이었다. 불산이 공기와 접촉하면 유독가스로 변한다. 불소 원소를 분리하려다가 죽은 화학자들을 기려 '불소 순교자Fluorine Martyrs'라는 말이 생겨났을 정도였다. 불산이 실험 용기 밖으로 유출되면 당시 MIT 신임연구원 교육에서도 "싸우지 말고 피하라"고 했다. 피부 노출에 의한 피해를 우선은 몰라도 나중에 점점 증상이 나타난다.

전문 방역장치를 갖춘 소방차를 불러야 하는데 한번 부르면 상당한 댓가를 지불해야 했다.

우왕좌왕 실험실이 난리가 났는데 혼란스러운 가운데 가만히 생각해보니, 불소 이온F⁻은 칼슘 이온Ca²⁺을 만나면 쉽게 형석CaF₂이 라는 아주 단단한 물질을 형성한다는 사실이 생각났다. 고등학교 때 배운 것이다. 물에 녹는 칼슘 이온만 있으면 되겠다고 생각하고, 그렇게 실험실에 있는 재료로 물을 끄게 되었다.

그때 베네수엘라에서 유학하러 온 실험실 연구원이 물었다. 이름난 미국 공과대에 유학하러 올 정도로 엄청난 수재이니 자존심도 높았을 것이다.

"너는 그걸 어떻게 알았냐?"

나는 아무 생각 없이 웃으면서 말했다.

"고등학교에서 배운 것이야."

그렇게 대답하자 그 연구원의 표정이 변했다. 말 그대로 고등학교 때 배운 지식이라는 생각은 하지 못하고 그는 내가 자신을 비웃는다고 생각했던 것이다. 짧은 영어 실력으로 말 그대로 고등학교 선생님으로부터 배웠다는 것을 그에게 이해시키느라고 꽤 당황했던 기억이 있다.

나는 지금도 고등학교 때 밤새워가며 미친 듯이 공부했던 화학 기초 지식이 그 누구보다 강하며, 내 연구의 든든한 토대가 되었다고 굳게 믿고 있다. 그래서 신학기 학생들에게 한 번쯤은 자기 전공에 몰입을 해보라고 강조한다. 그 몰입의 시간이 언제, 어디서 또 우연을 가장하고 우리 앞에 나타날지 알 수 없지 않은가?

남포 여자와
마포 남자

아내와는 내가 카이스트의 박사 3년 차일 때, 아내가 신입생으로 들어와서 만났다. 아내 역시 부산대 사범대 화학교육과로 갔다가 더 공부하고 싶어 과학기술원 KAIST으로 진학했다. 학생을 가르치고자 사범대 화학교육과로 갔다가, 공부를 더하고 싶어서 카이스트로 진학한 것이 나와 비슷했다.

과학기술원은 전통적으로 남학생의 비율이 월등히 높은 곳이라 소수의 여학생은 여러모로 관심의 대상이다. 한 해 400여 명 신입생 중, 여학생은 10여 명 정도였다.

신입생이었던 아내는 컬이 많이 들어간 긴 파마머리를 하고 있었는데, 당시 인기 있던 티나 터너라는 미국 여가수의 머리를 하고 있었다. 아내는 당시 KAIST의 티나 터너라 불리었다.

단아한 여학생을 좋아하던 나의 성격에 아내는 여러모로 너무 튀는 신입생이었다.

그런데 우리 지도 교수님은 나와 나의 동기였던 한 명에게 우리 연구실로 지도 교수님과 아는 사람의 친척이었던 아내를 실험실로 데리고 오라며 신입생 오리엔테이션 자리에 보냈다. 동기라면 몰라도 나는 사실 연구만 열심인 평범 그 자체인 모습인 터라 교수님이 나를 보낸다는 것이 과연 도움이 될지 알 수 없었다. 나의 동기였던 친구가 설득하여 우리 실험실로 오게 되었다. 실험실 생활에서 많이 싸웠다. 그때 아내의 나에 대한 첫인상은 "키 작고 못생긴 사람"이었다.

그 뒤 아내에게 키 작고 잘 생기지도 않았는데 왜 나를 선택했는지 물었던 적이 있었다.

아내는 교수님이 나를 엄청나게 신뢰하는 것을 보고 믿어도 되겠다고 생각했다는 답을 해왔다. 아내의 말대로 교수님은 정말 나에게 무한한 신뢰를 보였다. 또 다른 일례가 있는데, 당시 박사학위 과정이 끝나고 결혼할 때도 우리 '두 사람이 어떻게 결혼 하게 됐을까?'는 아내를 좋아했던 카이스트 학생들에게 흥미로운 관심사였다. 그러면서 그들은 대체로 '김윤희가 아깝다', '김윤희 안목 없네'라는 반응을 보였다고 들었다.

90년대 초반 카이스트 시절

그때 우리 연구팀의 지도교수님은 다른 의견이었다. 내게 더 후한 점수를 주셨다. 우리 두 사람이 결혼하는 데 중요한 화학적 요소가 "믿음직스러움"이라는 것을 아셨는지는 모르겠다.

결혼 전 고향집에서 아내와 어머니

사람들의 평가는 그 뒤에 바뀌었는데, 한 20년이 지나고, 2011년, 내가 총장이 되었을 때는, '김윤희 역시 안목이 있네', '안목이 대단하네' 하는 말로 바뀌어 있었다.

아내는 1990년에 25세의 나이로 박사학위를 마쳤는데, 그것이 그 당시 과학기술원KAIST 역사상 최연소 박사학위였다. 언론에서 한국의 퀴리박사로 소개되기도 했다. 여자로서 유리 천정을 깼다고 할 만큼 빠른 것이었다. 95년에는 나와 함께 미국 매사추세츠 공과대학교MIT 화학과에서 박사 후 과정Post Dr.를 했다. 거기서도 아내는 실력을 발휘해 1996년에 굉장히 유명한 장학생인 맥아더 펠로우쉽Fellowship을 받았다. 아내가 얼마나 장래가 촉망되었는지 당시 일화가 하나 있다.

1996년도에는 네 살이었던 첫째 아들을 데리고 나는 한국으로 먼저 돌아와 있을 때였다.

우리는 전화로 서로 안부를 묻고 실험에 관한 이야기도 했다. 전화 요금이 비싸서 자주 하지는 못했다.

어느 날 연구팀 사람이 제안하더라는 것이었다. 미국에 남아 매사추세츠 공과대학교MIT에서 공부를 계속하면 교수가 빨리 될 수 있다는 것이었다. 한국으로 돌아가면 교수가 되고 싶어도 쉬운 일이 아니다. 또 돌아가더라도 비정규직을 몇 년이나 할지 모른다는 현실적 조언이었다.

미국에는 소수 인종에 대한 특혜가 있고, 또 여성에 대한 것도 있었다. 그러니까 소수 인종이면서 동양인이면서 여성이니까 미국에 남으면 이 모든 조건을 다 충족할 수 있는 사람을 채용할 수 있어서 학과로서는 두 손 들어 환영이라는 것이었다. 거기다가 또 한 가지, 미국에서는 어린 나이에 무엇인가를 성취하는 것을 인정해 주는 풍토가 있었다. 그러니까 아내는 그곳에 남기만 하면 무조건, 교수가 될 가능성이 아주 높다는 것이었다.

아내에게 교수란 특별한 의미가 있었다. 아내는 일찍부터 가르치는 사람이 되는 것이 꿈이었다.

그 사실을 아는 나로서는 참으로 난감한 일이었다. 아내는 실력 있고 유능한 연구자인데, 또 한창 장래가 밝은데, 내가 해줄 수 있는 것은 없었다. 그럼에도 아내는 6개월 후 한국으로 돌아왔다. 나로서는 참으로 다행이었지만 그 뒤 아내에게는 몹시도 힘든 길이 기다리고 있었다.

2006년, 아내는 비정규직 생활 16년 만에 마침내 경상대학교 조교수로 임용이 됐다.

누구보다 간절하고 열심히 하고 또 재능이 있었음에도 아내의 길은 나보다 훨씬 불리했다.

내가 박사학위를 받자마자 87년 경상대 공과대 나노신소재 공학부 교수로 임용된 데 반해 아내는 1990년 만 25세 나이로 KAIST 최연소 박사학위를 받았음에도, 또 MIT 유학까지 갔다 온 유능한 연구자였음에도 오랫동안 정식 교수로 임용받지 못했다. 여자여서, 나이가 적어서, 심지어 논문 실적이 많으니 다른 곳으로 빨리 이직할 것이라는 터무니없는 말로 임용되지 못했다.

아내의 소원이 교수가 되어 학생을 가르치는 것이었는데 정식 임용되는데 16년이란 시간이 걸렸다. 그동안은 임시 계약직으로 연구소와 학교를 오갔다. 웬만한 사람들은 그냥 중도에 포기했을 것이다. 그러나 아내는 버텨냈다.

사실 아내가 그렇게 된 데에는 나에게도 원인이 있었다.

아내에게는 서울과 수도권의 대기업 연구소에서 몇 차례 제안이 들어왔다. 그럼에도 내가 진주 경상대에 있었기 때문에 그 제의를 받지 않았다. 내가 수도권 대학에 있었다면 아내는 훨씬 더 빨리 정규직 교수가 되었을 것이다. 당시 동남권에서는 교수에 임용되기가 너무 힘들었다. 2000년대 중반 내가 하던 연구들이 잘되어 서울의 여러 대학으로부터 교수 임용 제의를 받았었다. 2006년, 경상대학교 교수직 응모 전에는 '이번에도 안되면 내가 서울로 옮기겠다'고 말했다.

　그동안 아내에게는 가정과 일 두 가지 중에 먼저 가정을 우선으로 두었다. 물론 일을 포기하지 않았다. 단지 후 순위로 두었을 뿐이었다. 나는 그런 아내에게 지금도 미안하고 고마울 따름이다.

　그 뒤의 모든 일들은 아내의 꿈을 유보한 자리였다. 둘째 아이조차 심각한 선천성 발달 장애를 갖고 있어서 아내의 손길을 많이 필요로 했다. 한동안은 아내가 얼마나 힘들어하는지 알면서도 위로해 줄 수가 없었다. 아내의 힘듦을 돌아볼 여유가 없었다. 그래서 언제나 미안한 마음과 고마운 마음이다. 그저 가족 이야기가 나오면 내가 잘한 것이 하나도 없고 그저 잘못해 주었다는 생각뿐이다.

　그런 마음 때문인지 어디서 내 이야기를 해야 하는 자리가 있으면 나도 모르게 나는 아내의 이야기를 하곤 한다. 의도치 않아도 저절로 그렇게 된다. 아내를 만난 이래 내 삶과 아내의 삶이 너무도 많은 부분이 겹치기에 때로는 같은 삶을 다른 버전으로 사는 것처럼 느껴진다. 부부로서, 같은 연구자로서, 그리고 많은 부분을 함께하였기 때문이다. 그럼에도 그 삶이 같을 수가 없다.

　서로 성격도 다르고 생각하는 것도 다르지만, 또 둘 다 자기 일에 진심이고 열심이다. 때로는 이런 부분이 사람들에게 쓸데없는 오해를 사기도 한다. 사람들은 가끔 아내나 나의 많은 연구 결과물을 보고 서로 공과를 나누어 가지는 것 아니냐, 는 오해를 많이 한다. 혼자서 감당하기에 너무 좋은 연구 결과물을 어떻게 그렇게 많이 낼 수 있느냐는 칭찬인지, 의심하는 것인지 알 수 없는 말을 하기도 한다. 열심히 한 만큼 우리는 서로에게 미안한 존재였다. 아내가 열심히 하여 좋은 결과를 내면, '남편인 권순기가 다해준 것이다'라고 하고, 또 내가 열심히 하여 결과가 좋으면, '아내 김윤희 교수가 해준 것이다'라고 했다. 아내가 임용되었을 때도 '남편 연구 결과를 도용한 것이다'라고 했다. 내가 논문을 많이 써도 '김윤희가 다 해준 것이다'라고 했다.

아내는 유능하고 실력 있는 연구자이다. 그런데도 실력으로 인정받아야 함에도 바로 옆에 같은 전공 분야를 하는 사람이 있다는 이유로 오해를 받거나, 정당하지 못한 평가를 받을 때면 더 안타깝다.

아내의 삶을 볼 때면 사회적으로 드문 일을 추구하는 사람으로서, 그것도 한 번도 가보지 않은 새로운 길을 내면서 가는 사람들의 행운과 불운에 관해서 생각하게 된다. 누구보다 처음 하는 일이란 "처음"이라서 영광스럽지만, 또한 그만큼 시련이 따른다.

아내는 "최초의 여성"이라는 타이틀을 몇 개 가지고 있다. 경남 과학기술 대상을 받았고, 디스플레이 학회 최고상인 머크어워드(2016년), 이달의 과학 기술자상(2023년), 2024년에는 여성 최초로 한국고분자학회 회장이 되었으며 또 최초 LAMP 사업 여성 책임자로 지냈다. 램프 사업에 대한 아내의 활동에 대해서도 학내나 타대학, 교육부의 평가가 매우 좋다. 아내는 지금도 여러가지 기록을 만들어 가는 중이다.

나는 가끔 어디 가서 농담 삼아 아내와 나를 빗대어 "남포 여자와 마포 남자"라고 말하기도 한다. 이 말은 남편이 포기한 아내, 마누라가 포기한 남자의 줄임말이다.

싸우고 참다가 그것도 지쳐 그냥 서로를 포기한 상태가 아니라 우리는 서로를 믿는 사람이었다. 서로가 서로에게 어떤 일에서도 신뢰를 보내는 사람이었다. 우리 부부가 그나마 그 폭풍 같은 어려운 시기를 지나올 수 있었던 지혜라고 나는 생각한다.

아내가 나를 포기해줘서 고마운 마음이 드는 이즈음이다. 우리는 서로를 포기했기에 가끔 전혀 기대하지 않았던, 소소한 고마움과 기쁨을 선물처럼 받는다. 아내는 '마포 남자'를 두었기에 그동안 힘들었을 아내의 시간을 견딜 수 있었을 것이고, 나는 남포 여자를 아내로 두었기에 아내와의 시간이 삶의 선물처럼 반갑다. 하루 종일 서로 바빠 얼굴 마주치기 힘들어도 자정이 지난 늦은 밤 자연대에서 학교 앞 아파트까지 같이 걸어서 퇴근하면 그 시간이 나는 또 행복했다.

누구에게나 어쩔 수 없이
받아들여만 하는 사정이 있다

나는 스스로 인간의 삶에 관심이 많은 교육자라고 생각한다. 교육 만능주의자는 아니지만, 사람의 본성에는 배우고자, 또는 나날이 나아지고자 하는 본성이 있다고 믿고 있다. 이런 관점은 지금도 별달리 달라지지는 않았지만, 자칭 교육자인 내게 교육이 전혀 통하지 않고 무용한 처지에 있는 사람도 있다는 사실을 지금은 받아들이고 있다. 그것을 받아들이는 데에는 상당히 오래 걸렸다. 세상에는 각자 처한 처지가 서로 다르고 그에 따른 사정과 경험이 다르다는 것도 인정한다.

어쩔 수 없이 받아들여야만 했던 사정, 그것이 내게도 있다.

내 둘째 딸아이가 그렇다. 첫 아이가 막 초임 대학교수의 첫 아이라 우리 부부의 사랑도 듬뿍 받았지만, 주위에서도 아껴주었다. 특히 학과 행사가 있을 때면 학생들이 마스코트처럼 귀여워했다. 워낙에 인기도 있고 귀염을 많이 받고 자랐는데, 내 둘째 아이가 정말로 특별하게 태어나리라고는 꿈에도 생각지 못했다.

아이가 조금 이상하다는 것은 태어날 무렵 알고 있었지만, 다섯 살이 될 때까지 나는 아이가 처한 현실을 받아들이지 못했다. 좀 남다르고 손이 많이 가겠거니, 느리더라도 꾸준히 좋은 교육을 받으면 남들처럼 학교는 갈 수 있겠거니 생각했다. 그러나 아이가 나이를 먹어도 전혀 나아지지 않았다. 지금도 여전히 아이는 교육은커녕 서로 간의 교감도 쉽지 않은 상태이다. 덩치는 커졌는데 대화도 불가능하고 혼자서는 걷지도 못한다.

그런 아이를 가진 집안사람들 대부분이 비슷한 과정을 겪듯, 나 또한 그동안 내가 무슨 잘못이 없나 원인을 찾아 둘러보기도 하고, 그러다 자신을 탓하고 가족을 탓하고 나중에는 하늘을 탓했다. 그러나 달라지는 것은 없었고 아무런 소용이 없는 일이었다. 마음이 지옥이라 안 하던 부부싸움도 잦아졌다. 그러다 아이가 다섯 살 되었을 무렵 그냥 현실을 있는 대로 받아들이기로 했다. 있는 현실을 탓하며 애써 부정하기보다는 있는 상태 그 위에서 다시 삶을 쌓아가기로 한 것이다. 그것은 곧 나의 한계를 인식하고 받아들이는 것이었다. 그러자 거짓말처럼 마음이 편안해졌고, 일들은 저절로 풀려나가는 듯 자연스러워졌다.

우리가 딸아이의 미래와 우리가 처한 현실을 걱정하며, 그 많은 우여곡절을 겪었어도 정작 딸아이 자신은 지금도 자기 처지나 존재 의미를 모른다. 대화도 통하지 않고 그저 표정 속에서 아이가 편안한 상태인지 무언가가 불편한 상태인지 짐작만 할 뿐이다. 정작 자신은 깨닫는 바가 없는데, 아이에게 좋다는 것은 무엇일까? 무슨 소용이 있을까, 아이의 삶은 어디에 있는 것일까, 아이의 삶은 어떤 의미가 있는 것일까?

내게 교육은 인간존재의 뜻과 의미를 찾는 과정으로 생각해 왔는데, 내 아이는 그 범주에 속하지 않은 채로 있지 않은가? 이 교육관은 무엇인가가 잘못된 것은 아닐까? 이 아이에겐 교육이 오히려 폭력이 되지 않을까?

교육이란 이름 뒤에 숨어있는 미래에 대한 조급함, 현실의 몰이해, 공감력 부족이 숨어있는 것이 아닐까? 때로는 교육이 어떤 존재에겐 그 상태를 부정하는 폭력이 될 수도 있다는 사실을, 아이를 바라보며 어쩔 수 없이 생각하게 된다.

그러나 현실은 생각만큼 고상하지도 않고 훨씬 잔인하다. 때로는 지옥이 되기도 하고, 축복이 되기도 한다.

"우리는 타인을 인식하고 이해하려는 것보다, 먼저 그 존재 앞에 책임져야 한다"라고 말한 레비나스 Emmanuel Levinas, 1906~1995와 같은 물음, 즉 비록 내가 아이를 이해할 수는 없어도, 아이 앞에서 내가 "지켜야 할 태도는 무엇일까?" 묻는다.

지금도 딸아이에게 내가 해줄 수 있는 것은 별로 없다. 그냥 그 시간 같이 머물러주는 것밖에는 할 수 있는 것이 없다. 아이를 통해서 나는 변화를 이끄는 도구로서의 교육이 아니라, 그저 옆에서 함께 존재를 지켜보는 시간이라는 관점에서 생각해 보게 되었다.

교육은 자라나고 나아지는 것인 동시에 그 순간을 함께 해주는 것이다.

운명을 받아들이는 것처럼, 교육 이전에 존재를 받아들이고 각자의 현실에 맞게 허락된 시간 속에서 함께 하는 수밖에 없다고 생각한다. 한 인간이 한 인간에게 예의를 다하고 모든 존재를 존중하는 힘을 기르는 일. 그것이 교육이 아닐까 생각해 본다.

놀랍게도 딸아이를 한 존재로 받아들이는 순간 그동안 어렵게만 보였던 내 삶이 순탄해졌다. 그건 기적과도 같은 일이었다. 별 일하지 않고 그냥 있는 그대로 받아들였을 뿐인데 내 주위의 모든 것들이 다르게 느껴졌다. 그리고 그동안 꿈도 꿀 수 없었던 마음의 여유도 생겨났다. 그동안 늘 앞만 보고 달리는 인생이었는데, 가다가 옆도 보기 시작하고 나보다 어려운 환경에 처해있는 사람, 평소에는 만날 생각조차 못 했던 내 이웃들, 사정이 비슷한 사람들까지 아이로 인한 인연을 따라 사람들을 만나기도 하고 또 기부도 하게 되었다.

내 딸아이가 아니었다면 내 눈과 귀를, 그리고 마음을 이끌지 못했을 또 다른 세상에 우리 가족은 눈을 뜨게 되었다. 그리 생각하니, 내가 몰랐던, 또 몰랐을 세상으로 우리를 이끈 딸아이가 어쩌면 천사의 다른 이름이 아닐까 생각하기도 한다. 지금도 나는 우리 둘째가 "하나님이 내 삶에 내려준 선물"이라고 생각한다.

하지만 다시 딸아이를 중심으로 생각하면, 교육이 멈춘 자리이고 어쩌면 사유도 멈춘 자리에 딸아이는 존재로 던져져 있다.

모든 것이 멈춘 자리에서 우리는 존재로서 만난다. 사유의 틈, 의미의 틈, 일상의 틈, 그 작은 틈새에서 아이는 살아 숨 쉬고 있다. 우리의 욕망이 투사된 모든 행위의 틈새에서 아이들은 살고 존재한다. 부모들이 사랑이란 이름으로 교육이란 이름으로 아이의 행복한 미래란 이름으로 아이들을 너무 다그치지 말았으면 좋겠다. 서로의 처지에 따라 정도만 다를 뿐 아이들이란 더러 부모 관심의 틈새에서 자신들 특질에 따라 나름대로 스스로 무럭무럭 자라고 있을 것이다.

1996년 MIT

화학으로 연결된 아들에게 내가 바라는 것은

나는 화학 속에서 우연이지만 필연을 느끼는 우연, 즉 세렌디피티를 느낀다고 말했는데, 아내를 만난 것도 역시 화학을 통해 만난 것이라 어떤 운명적인 힘이나 동질감을 많이 느낀다.

그런데 그것이 아들이 화학을 하겠다고 했을 때는 그저 기쁘기만 한 것은 아니었다.

이것은 작위인가? 필연인가? 잠시 의문을 품은 듯도 했다.

자식들이란 키워보면 부모가 이끄는 대로 부모의 발뒤꿈치를 어느새 따르고 있는 경우가 있다. 부모로서는 기쁘고 감사할 일이지만, 자식의 처지에서 그 길은 결코 좋은 것만은 아닐 것이다. 잘하면 부모덕이라는 소리를 듣고, 못하면 부모와 비교를 당할 테니 이래저래 뒤에 올 수밖에 없는 아들은 부모에게서 자유롭지 못할 것이 뻔했다. 그래서 가끔은 화학 분야를 가지 않았으면 했다.

같은 길을 가다 보니 더러 아들의 성과나 실력의 결과물을 본인의 노력보다는 부모의 편의에서 나온 것은 아닌지 뒷말을 하는 사람이 있다.

아내 카이스트 박사 학위 수여식

물론 부모의 특혜는 기회의 평등성 차원에서 매우 조심해야 할 문제지만, 사람들의 오해가 두려워서 잘하는 일을 그만둔다는 것은 안타까운 일이다. 오해받을 일은 안 하느니만 못하다고 생각하여 시도조차 하지 않는 것은 안될 일이다. 아들의 실력을 있는 그대로 평가받기를 바란다.

그런 일이 아니더라도 평소 나는 아들의 독립성과 자율성에 관련해서는 나름 엄한 편이다. 조금이라도 무언가 정말 필요해서 절실히 물어봐야만 겨우 대답을 해준다. 눈치 빠른 아들은 또 그것을 알고 제 엄마를 우회하기도 한다. 알면서도 선뜻 나서서 답해주지 않는 이유는 혼자서 더 많은 것을 감당해 보고 스스로 찾고 물고 늘어지고 버티는 힘을 기르기를 바라기 때문이다.

이른바 내가 그리도 강조하는 개척자의 정신 같은 것이다.

학문 연구가 아니라 삶의 태도로서도 유용하기에 나는 늘 내 학생들에게 개척하고 도전하는 정신을 기르라고 강조한다. 이는 경상국립대의 기본 정신이기도 하다.

특히 연구자의 길은 혼란스럽고 막막한 상태에서 무엇인가 찾고 만들어 가야 하기에 잔뜩 벼려져 있는 칼처럼 자신에게 엄중해야 하고, 그러면서도 도전하고 또 도전하면서 버티는 힘이 강해야 한다. 99% 노력하다 포기하는 1%의 찰나의 순간은 100%의 가능성을 휘발시킨다. 어쩌면 내가 남명 조식에게서 공명 받은 것이 이 때문이 아닐까 생각한다. 한 동작 움직일 때마다 그를 일깨우는 성성자惺惺子라는 작은 방울과 "안으로 마음을 밝히는 것이 경이고, 밖으로 행동을 결단하는 것이 의로움이다內明者敬, 外斷者義"라고 새긴 경의 검을 지니고 다닌 마음이 느껴져서다.

또한 그 길의 고단함은 오롯이 혼자 감당해야 하는 길이기에 내심 아들에게 더 강해질 것을 바라게 된다. 이는 같은 연구자인 아내와도 서로 오랫동안 공감하는 것인데, 아내는 아무래도 어머니이기에 아들에게 나보다는 관대한 편이다.

미국 컬럼비아대에서 박사과정 마지막 학기에 있는 아들은 요즘도 제엄마와 매주 전화한다. 이런저런 일상 이야기나 공부에 대한 고민, 또 연구자로서 어려움을 서로 이야기할 수 있으니 다른 집과 다르게 자식과 교감하는 통로는 열려 있는 셈이다. 하지만 교감을 통해 마음을 표현할 수는 있어도, 돌아서서 자신이 해야 하는 일은 어쩔 수 없이 혼자서 감당해야만 하는 것이다. 나는 아들이 무엇을 하든 학문하고 연구하는 사람으로서 힘들어도 쉬운 길을 택하지 않고 꿋꿋하게 앞으로 곧장 나아가길 바란다.

1995년 MIT 연구원 시절, 아들과 함께

2부

초임 교수 시절의
도전과 개척 정신

우뚝 솟은 산악처럼　넓고 깊은 연못처럼

岳　立　淵　中

너는 네가 길들인 것에
책임이 있다

나의 첫 직장이라 할 고분자 학과는 1987년 처음 만들어진 과였다. 나는 갓 만들어진 신생 학과에 아무런 경험이 없는 초임 교수로 부임했다. 박사학위를 받은 해에 교수가 되었으니 상당히 빠른 임용이었다. 그래서 한때 "낙하산 인사"로 소문이 나기도 했다. 하지만 수학자셨던 신현천 당시 초대 총장은 어디까지나 연구 성과를 보고 나를 임용하였다고 한다.

내가 1987년에 학교에 왔을 때의 느낌을 누군가에게 말할 때면 나는 백지를 내밀곤 한다. 백지, 그야말로 아무것도 없는 상태이기도 하고, 또한 새로운 시작이기도 한 상태를 표현하고 싶었기 때문이었다.

나 또한 이름만 교수지 백지인 상태이긴 마찬가지였다. 나는 가끔 농담 삼아 내가 총장이었다면 나를 임용하지는 않았을 것이라고 말하곤 했다. 신출내기 신임 교수에다가 더더구나 새로 생긴 학과를 맡기다니 총장님도 참 용감하셨다는 생각이 들었다. 신현천 총장님은 1987년 그해 2월 정년 퇴임하셨다. 그러니 학교에서 비벼볼 언덕도 없이 맨땅에 헤딩하는 기분이었다.

물론 처음이라 전용 강의실도, 실험실도 없었고, 조교도 없었다.

우리에게 유일한 공간이 하나 주어졌는데, 지금의 운동장 쪽 BNIT(바이오 · 나노 · 정보기술) 산학협력관 남쪽 456동 북향의 가장 오른쪽 2칸짜리 사무실이 전부였다.

이것이 신설한 고분자공학과 사무실이자 교수연구실이었다. 그야말로 개척과 도전이라는 말에 걸맞지 않은가? 이듬해서야 1988년 과 조교를 임명했고, 그때까지도 유기화학 실험실을 빌려 써야만 했다.

1988년 1학기 과목은 유기화학, 물리화학, 석유공업 화학으로 시작했다. 이 세 과목을 혼자서 도맡아 했다. 엄연히 전공이 따로 있어야 할 테지만 교수가 없어서 혼자서 도맡아 하다 보니 한동안 새벽부터 일어나 강행군했다.

1987학번 신입생들은 내게는 허허벌판에서 고분자 공학과라는 학과를 같이 개척한 동지들과도 같았다. 게다가 78학번인 나와 87학번의 첫 제자들은 이 뒤집힌 두 숫자와 같은 인연과 동지애로 형과 아우처럼 뭉쳤다.

우리는 자주 유일한 공간이었던 고분자공학과 사무실에서 붙박여 어울렸다. 학생들과 스스럼없이 어울려서일까? 당시 28살이었던 나를 학교에서도 학생으로 자주 오인하기도 했다. 1987년 당시에 학생들은 데모를 많이 했다. 데모가 일어나면 학교에서 데모 현장으로 교수들을 불러내었다. 어느 날 학생들이 대학 본부를 점거하여 본부로 가니, 당시의 이공대학장님께서 '학생, 인제 그만 집으로 가지', 라고 말하기도 하였다. 또, 자연대학장님을 하셨던 물리학과 교수님의 술잔을 무릎 꿇고 받았더니, '학생이 술을 받는 자세가 기특하네. 예절을 제대로 배웠네'라고 말하기도 하였다. 그 정도로 누가 교수인지, 학생인지 구분되지 않았던 모양이다.

당시 나에게 작고 못생겼지만 귀엽다고 "퍼그"라는 별명을 지어준 학생이 있었다. 그 학생은 "까마구"라고 불리는 학생이었다.

1988년 가을 축제의 날이었다. 당시 학생들이 학과의 주막을 만들어 교수님들에게 술을 사게 하는 것이 유행하였다.

과 주막에 들러 몇 박스의 술을 사면서 과 학생들과 어울려 술을 마셨다. 어느 정도 마시고 난 뒤, 한 학생이 물었다.

"교수님은 언제 가실 거예요?"

나는 처음에는 술도 어느 정도 먹고 시간이 흘렀으니 언제 집으로 갈 거냐는 말로 알아들었다. 더 나아가 집으로 어서 가고 싶거나, 교수인 내가 있어서 불편하다는 말일까, 그런 생각도 스쳤다.

"조금 있다가 갈 거다?" 하니,

"교수님도 언젠가 다른 곳으로 가실 거죠?"

하는 말이 뒤따라오는 것이 아닌가?

그때껏 그런 생각을 전혀 해보지 않은 나로서는 뒤통수를 맞은 듯한 느낌이었다.

나는 정말로 과 학생들과 허허벌판에서 개척과 도전 정신으로 학과를 만들어 가고 있다고 생각했다. 아니면 무에서 유를 창조하고 있다고 생각했는지도 모르겠다. 그런데 어느 정도 이력을 쌓고 나면 내가 자신들을 떠날 것으로 생각했다니, 마음 깊은 곳에서 무언가 오기 같은 것이 불쑥 솟았다.

"아니, 나는 학교를 떠나지 않는다. 앞으로 경상대를 지키면서 10년 후엔 한국에서 다섯 손가락 안에 드는 최고의 학과로 만들겠다."

말하면서,

"너는 어떻게 하겠느냐?"

고 물었다.

입으로 한번 내뱉은 말이 힘이 세다는 것을 그때 느꼈다. 술김에 한 약속이었지만 언젠가는 지켜야 할 약속이 되었다. 내 가슴 속에 계속 남아서 열심히 하게 만드는 부담, 또는 동기 부여가 되었다.

그즈음 나는 또 다른 말에 빠져 있었는데, 그것은 생텍쥐페리의 어린 왕자에 나오는 여우의 말이었다.

"너는 네가 길들인 것에 대한 책임이 있다."

이 시기의 내가 부임한 고분자 학과 첫 제자들에게 늘 알 수 없는 마음의 무게를 느끼고 있던 차였다.

그러던 차에 술도 먹고 호기 아닌 호기를 부려 최고의 학과로 만들겠다고 꿈을 세운 것이다.

함께 꿈꾸고 도전하면서
길을 만들었다

고분자 학과가 87학번으로 시작하여 88학번이 들어왔을 때였다.

제자 중에서 한국과학기술원 KAIST 으로 가고 싶은 학생이 찾아왔다. 그래서, "다른 과에 KAIST에 간 대학원 신입 학생이 있을 것이니, 한번 찾아가서 물어보고 찾아와라."라고 말했다. 며칠 뒤 그 학생이 알아보니 KAIST 입학생이 없다고 하여, 나 역시 KAIST 출신 선배 교수에게 물어보니 없는 것 같다고 대답해 주었다. 그래서 나는 그 제자의 꿈을 이루기 위해 이리저리 알아보고 그에 맞추어서 지도에 나섰다.

그렇게 잘 준비하나 싶더니 어느 날 그 제자한테서 전화가 왔다. 거의 밤이 다된 시간이었다. 전화기 너머로 하는 말이 경찰서인데 좀 와줄 수 있냐는 것이었다. 그래서 깜짝 놀라서 가봤더니, 술에 취한 사람들 틈에 내 제자가 있었다.

가서 이야기를 들어보니 시험 걱정에 불안도 달랠 겸 친구를 불러 같이

술을 마시다가 옆 사람들과 시비가 붙었다는 것이었다.

제자는 시험 한 달을 앞둔 시기라 걱정이 많았다. 안 그래도 예민하던 차 술을 마시고 경찰서까지 갔으니 차마 집에는 연락 못하고, 그래도 만만한 내가 생각이 났던 모양이었다.

그해 카이스트 시험은 그렇게 아슬아슬하게 떨어졌으나 그다음 해 그 밑의 학번인 다른 학생이 도전하여 경상대에서는 처음으로 카이스트에 진학하였다. 지금은 삼성 종합 기술원 수석연구원으로 근무하고 있다.

이렇게 한명 두명 제자들을 산업체나 연구원으로 여기저기 보내놓으니, 이제는 제자들이 배척당하지 않고 잘 적응하는지 그게 또 걱정되기 시작하였다.

제자들이 일하다가 뭔가 고민이 되거나 막히는 것이 있으면 옆에 물어볼 수 있는 선배나 아는 사람이 한 명이라도 있어야 하겠다, 싶었다.

당시 나는 큰 연구에 많이 참여하고 있었기 때문에 다양한 배경을 가진 박사과정 연구원들과 연결되어 있었다. 서울대, 카이스트, 고려대, 광주 과기원 등 동원할 수 있는 연구 인맥들을 모아 대학원생끼리 정보 교류를 하면서 서로 친분을 쌓게 해보자는 생각이 들었다. 그래서 1년에 두 번씩 이들을 불러 모아 교류의 장을 마련하여 아무런 부담 없이 서로 모여 친분을 쌓도록 하였다. 방도 빌리고 밥도 같이 먹으며, 친교를 나누는 즐거운 시간을 마련하였다. 그렇게 몇 년 신경을 써서 모임을 가졌더니 서로 친구처럼 지내며 지금도 모임을 지속하고 있다.

삼성에 취직한 제자가 있었는데, 서울대 등 유수의 대학을 나온 20여 명의 박사 중 근무 평점에서 최고였다고 들었다. 쟁쟁한 학교 출신들을 모두 제치고 가장 우수한 성적이 나왔다. 나는 그 뒤 한동안 그 제자의 경우를 들어가며 '경상대 정도만 나와도 세계적인 공학자가 될 수 있다'라고 학생들을 격려하곤 했다. 결코 빈말이 아니었다. 나 또한 학생들에게 열심히 격려해 주고 이끌어주면 된다는 확신을 가지게 되었다. 그렇게 선배들은 후배들에게 성공한 사례가 되어 그 자체만으로도 후배들에게 자극이 되고 동기부여가 되었다.

당시 나 또한 자기 스스로 한계를 두지 말고, 열심히 도전하라는 이야기

[매경춘추] 동기부여

나는 한 대학에서 총장으로 두 번째 일하고 있다. 지난번 임기 때도 그랬고 이번에도 이런 질문을 자주 받는다. "총장님의 대학 교육에 대한 꿈은 무엇입니까?" 이 질문은 곧 나의 인생철학을 묻는 것이기도 하고 교육철학을 묻는 것이기도 하다. 나는 이렇게 대답한다. "우리 학생들에게 스스로 동기부여를 할 수 있게 해주는 것이다." 지난해 말에 제자 가운데 한 명이 국내 최고의 글로벌 회사 임원으로 승진했다. 쉰 살에 이 기업의 '연구직 상무'에 오른 제자는 대학 홍보팀과의 인터뷰에서 후배들에게 "어려울 때일수록 자신의 실력 향상을 위해 투자하라. 나중에 기회가 오면 많은 역량을 펼칠 수 있다"고 전했다. 수도권에서 멀리 떨어진 지역 대학에 입학한 것에 대해 "단지 남들보다 조금 더 낮은 곳에서, 또는 조금 늦게 출발했다고 생각하고 이 차이를 극복하고자 노력했다"고 자신의 경험도 소개했다.

이 제자의 말에는 내가 총장으로서 이루고자 하는 꿈이 모두 들어 있다. 나는 학생들에게 늘 강조한다. "수도권 명문 대학에 비해 낮은 평가를 받는 대학에 들어온 건 사실이다. 하지만 할 수 있다는 생각으로 자신에게 동기부여를 할 수 있다면 그 차이는 아무것도 아니다. 스스로 할 수 있다고 생각하고 열심히 노력하면 반드시 해낼 수 있다." 나는 아무런 근거도 없이 이런 말을 하지 않았다.

많은 제자가 내로라하는 국내 굴지의 대기업을 비롯해 미래 성장 가능성이 큰 중견·중소기업에 속속 취업하고 있다. 그들은 대학에서 배운 기초지식과 실험·실습 경험을 바탕으로 조직 내에서 자기에게 주어진 일을 잘해내고 있다. 나는 그들에게 항상 "성실하라. 겸손하라"고 조언한다. 성실하라는 말은 스스로 일을 즐기라는 말이다. '천재는 노력하는 자를 이길 수 없고, 노력하는 자는 즐기는 자를 이길 수 없다'는 말을 환기해주는 것이다. 겸손하라는 말은 자기의 직분에 깊은 책임을 가지라는 말이다. 나이가 들고 맡은 일의 중요성이 높아지는 만큼 책임도 따른다는 것을 강조해준다.

이런 제자들은 '우리 학생들이 스스로 동기부여를 할 수 있게 한다면 세계적인 학자나 공학도로 성장할 수 있다는 것'을 보여주는 증거들이다. 남들보다 조금 낮은 곳에서, 조금 늦게 출발했다고 하여 실망하지 않고 많은 불리한 여건과 어려움을 극복하며 자신의 꿈을 실현한 이들이야말로 미래 세대의 주역이 될 것이다. 우리 제자들이 창의력, 협업 능력, 소통 능력, 도전 정신과 같은 소양을 좀 더 함양한다면 21세기 제4차 산업혁명 시대에도 자신의 잠재 능력을 충분히 발휘할 수 있다고 믿는다.

실패했을 때 좌절하지 않고 다시 일어서게 하는 힘도 동기부여에서 나온다. 대학 교육은 학생들에게 끊임없이 동기부여를 해주는 것에 다름 아니다. 그렇게 자신의 삶을 개척해 나가는 학생들은 총장인 나에게 거꾸로 동기부여를 해주는 원천이다. 그들에게서 나는 힘을 얻고 보람을 느낀다.

[권순기 경상국립대학교 총장]
[ⓒ 매일경제 & mk.co.kr, 무단전재 및 재배포 금지]

매일경제신문 <매경춘추> 기고문_2022.02.05.

를 많이 했다. 주눅 들고 지레 포기하는 것이 습관이 된 학생들에게 용기를 주고자 했다.

언젠가 제자 중 하나가 외국(홍콩)의 박사후과정 Post Dr.과정을 가고 싶다고 아내에게 의견을 물어왔다. 아내는 나보다 부드럽고 섬세하기에 제자들이 상담을 많이 해온다. 그 학생은 박사 후 연구원 모집 공고를 보고 조건이 좋아 그곳에 가고 싶기는 한데 어떻게 하면 좋을지 여러 사람에게 조언을 듣던 중이었다. 좀 아슬아슬하기는 했지만, 나는 그 제자에게 말해주었다.

"지금 될 확률이 조금 낮다고 여기서 포기하면 확률이 0%이다. 도전하면 확률이 10%라도 도전하여 지속적으로 길을 찾고, 너를 발전시키면 될 가능성이 높아진다, 밑져봐야 본전이니 한 번 시도 해봐라."

이런 말들을 해주었다. 그렇게 말하면서도 나 또한 마음은 반신반의하였다.

그렇게 한 3개월쯤 지난 뒤에 그 제자한테서 연락이 왔다. 합격했다는 것이다. 그러면서 내게 말했다.

"그때 교수님이 그렇게 말해주지 않았으면 저는 포기했을 거예요."

그 말을 듣고 난 후에는 나 또한 더 확신하고 학생들에게 될 수 있으면 계속 도전하라고, 도전해 봐야 자기 능력을 알 수 있다고 말해주곤 했다.

90년 초창기에는, 경상대에서 자체 연구 공간이 없어서 나는 한국과학원에서 실험하고, 시약에 맞추어 연구를 고안하였다. 과학원에서 공동연구를 시작했을 때도 시약을 충분히 조달을 못 해 늘 좋은 시약에 목매게 되었다. 시약에 따라 연구 결과가 달라지기도 하고 그에 걸맞은 시약이 없으면 연구가 되지 않기도 한다. 그래서 카이스트의 시약과 MIT에서 가져온(?) 시약으로 연구했던 기억이 있다. 그때는 학생들의 학부 실험 시약도 내가 사서 보태야 할 정도로 시약이나 장비가 모자랐던 시기였다.

그래서 나는 경상대 "신임 교수 연찬회"에서 교수들에게 그냥 현재의 실정에 맞는 연구를 하라고 말하곤 했다. 연구하는 사람들은 재료나 장비가 따라주지 않아서 고민하는 경우가 많다. 과학 연구에는 장비나 재료가 중요한 것이 사실이다.

하지만 늘 좋은 장비, 좋은 재료를 갖추어야 연구할 수 있는 것은 아니다. 그렇다고 연구를 안 할 수도 없다. 그러니 환경이 따라주지 않을 때는 현실과 실정에 맞는 연구를 할 수밖에 없다. 이런 부분은 지금도 유효하다. 한국 대학들의 연구 장비들은 열악한 편이다. 대부분이 8~90년대 갖춰진 것이 많다. 내가 총장이 되었을 때도 좋은 연구를 하려면 좋은 재료와 설비도 따라주어야만 한다고 정부와 국회에 요구하기도 했다. 또한 연구원이나 신임 교수들에게는 '실정에 맞는 연구를 하라'라고 말하곤 했다.

또 하나, 졸업한 학과생들 때문에 재미있는 일들이 내게 생겼는데, 졸업한 학생 중에 87, 88학번에서 과 커플이 생겼다. 그들이 결혼하는데 나더러 주례를 서라고 하는 것이었다. 그렇게 해서 나는 30대 초반에 주례를 서게 되었다. 그 한 번의 시작으로 주례를 꽤 많이 서게 되었는데, 내가 주례를 선 부부는 이혼하지 않고 잘 산다는 속설이 생겼다. 지금도 내가 아는 한 거의 대부분 잘 살고 있다.

이때의 나는 팔팔하게 젊은 30대였고 의욕이 넘쳐 무엇이든 하고자 하는 편이었는데, 이런 부분이 당시 나이 있는 교수님들에게는 의욕이 넘쳐 보였을 것이다.

교육부에서 국책 대학을 선정할 때도 이 좋은 기회를 놓치면 안 된다고, 공과대학교수회를 개최하여 토론하였다. 그런데 학교 내에서는 반대의견도 많았다. 워낙에 이 사업에 대학 간 경쟁이 심한 데다 그것도 고작 4개 대학을 뽑는 데 아무런 대책도 없이 어떻게 그 안에 들어갈 수가 있겠냐는 취지였다. 하지만 나는 이 사업이 지금은 단지 4개 대학만 선정하지만, 나중에는 8개 대학이 될 수도 있고, 또 지금 시도를 해놓은 경험은 다음 사업을 기약할 수 있다며, 이 사업에 참여할 것을 주장하였다. 그 당시 국책 대학 공과 교수회의에서는 나의 주장에 "아무것도 모르는 젊은 교수가 나선다"하여 의견이 갈리게 되었다. 학교의 별다른 지원 없이 신청서를 작성하였다. 실제로 지원대학이 8개 대상으로 늘어났지만, 결국 우리는 선정되지 않았다. 경험도 없었던 데다 준비 부족이었다. 하지만, 이 경험을 토대로 정말로 그 뒤에 진행된 지방 육성 사업에는 항공공학특성화사업단이 선정될 수 있었다.

나중에 지방 대학 특성화 사업으로 항공공학 특성화 사업 실무 추진단을 만들어 노력한 끝에 지방 대학 특성화 사업 대상에 들게 된 것이다. 역시 그때도 내부적으로 반대가 많았다. 사업단에 속한 대부분의 과들이 관련이 없다는 것이었다. 그 말도 사실이긴 했지만, 나는 당시 도전해서 실패해도 경험이 남는 것이니 밑져야 본전이라 생각했다. 그리고 결국 우리가 선정되었다.

기획연구부실장,
진심 하나로 소통하기

2000년도에 경상대학교 기획연구실 산하 연구 부실장을 맡았다.

처음에 기획 연구 부실장이란 자리를 맡았을 때는, 다소 엉뚱하고 황당한 업무라고 생각되었다. 그도 그럴 것이, 기획처, 대외 산학협력처, 산학협력단, 연구 산학처가 다 합해진 일인데, 거기다 국제 협력 업무도 해야 하고 또 왜 그런지는 알 수 없었지만, 학교 교무처의 일 일부도 맡아서 하는, 지독히 융합(?)적인 직책이었다. 사방팔방 뛰어다니느라 과부하가 걸리기 쉬운 직책이었는데, 또 다른 측면에서 보면 이 업무는 마당발이 되어 학교 사정을 보다 깊이 알 수 있는 직책이었다. "기획"이라는 이름이 앞에 붙어있어서 그런지 연구에 필요한 일이라면 이리저리 다 걸쳐져 있어서 하기에 따라 두루 사정을 꿸 수 있었다. 노력하면 가능성 있는 일들이 많아 좌충우돌 맨땅에 헤딩 Heading하는 기분이었지만 계획대로 일이 성사되고 인정받아 대형 국책사업을 유치할 때는 자부심과 자신감이 엄청나

강의는 항상 유익하고 즐겁게

게 솟았다.

진주시와 함께 바이오센터 유치하기

진주시에서 준비해 오던 기획연구부실장 업무를 9월에 시작하였는데, 막 일을 맡고 보니 산업자원부가 바이오산업을 육성하려고 기반 구축 사업을 하고 있었다. 산업자원부는 당시 산업체와 대학의 연계 사업을 많이 하고 있었다. 마침, 진주시에서도 관심을 많이 가지고 있었다. 이 바이오 21 산업 센터를 진주에 유치하는 것이 진주시의 초미의 관심사였다.

그때가 김대중 대통령 때였는데, 산자부에 직접 알아보니 이미 전남 나주의 동신대로 내정이 되어 있었다. 나는 바이오센터를 왜 꼭 한 지역의 한 대학만 지정해야 하는지, 능력만 된다면 두 군데 이상이 되지 말란 법이 있을까 생각했고, 꼭 이 일을 우리가 유치하리라 마음을 먹었다.

어떻게 하면 이쪽으로 그 일을 가져올 것인가 밤낮으로 온갖 궁리를 했는데, 무엇보다 제일 중요한 것이 사업을 유치하고자 하는 지자체와 학교의 의지이고, 무슨 일이 있어도 해내고야 말겠다는 태도가 중요하다고 생각했다. 달리 말하면 적극성이 필요하다고 보았다. 우리가 가만히 있는데, 정부가 떠먹여 주지는 않을 것이고 또 그런 사업 정책이 잘될 리가 없었다. 그것은 주관하는 쪽이나 일을 하는 쪽에서도 불행한 일이었다.

그래서 학교와 지자체의 수장들, 그리고 담당자에게 협력을 요청했다.

진주 산업대 정해주 총장님이 마침 산자부에 있다가 오신 분이라 산자부도 무시할 수 없겠다 싶었다. 진주시장, 경상남도 정무부지사에게도 전화를 걸어 도움을 요청했다. 당시 우리 대학의 사업책임자분이 마침 고등학교 선배였는데 내가 자정이 넘어도 전화해서 이거 해주세요, 저거 넣어주세요, 하며 얼마나 닦달을 해대었던지, '한 대 쾅, 쥐어박고 싶을 정도로 얄미웠다'라고 하셨다. 결국 진주시장님과 정무부지사와 진주산업대 총장님, 세 분을 모시고 가서 주관기관의 확고한 의지를 강하게 주장하였다. 돌아와서 착실히 준비한 끝에, 압도적 점수를 받아 결국은 경상대와 동신대 두 군데로 결정되었다.

이런 대형 국책사업 유치는 지역 미래의 향방을 가르기도 한다. 이렇게 좋은 성과를 낼 수 있었던 이유로는 예측하고 그에 따라 대비를 잘했다는 이유도 있겠지만, 적극적으로 성의를 보였기 때문이다. 적극적인 의지 앞에 내부 규정을 바꾸어서라도 일이 되게 만들었으니 그 뒤 다른 일을 할 때도 이 일이 좋은 참고가 되었다.

이처럼 학교와 지역의 명운을 걸고 무엇인가에 도전하고 대형 규모의 국책사업에 참여하는 등 성과도 따르고 자부심 있는 일만 한 것은 아니다.

지역대학의 한정된 예산에 효율을 높이기 위해서는 구조조정이라는, 구성원들과 갈등을 유발하고 비난받는 일도 해야 했다.

연구 지원비를 둘러싼 여러 가지 논쟁

이 시기에 경상대학교 연구지원실의 목표 중 하나는 인문 사회 연구비 확대 사업이었다. 연구소 통폐합과 인문 사회 연구비를 확대하는 것이었다.

우리뿐만 아니라 전국 대학에 연구소가 너무 많았다. 연구 활동을 전혀 하지 않고 이름만 남아 있는 경우도 흔했다. 정부의 정책 방향이 이런 연구소를 통폐합하라는 분위기였다. 그런데 경상대 본부에서는 이 목표치를 너무 높게 잡았다. 당시 약 40개 정도 연구소가 있었는데 처음에는 20개 이내로 줄이기로 했다가 일을 추진하는 과정에서 17개 정도 남기는 것으로 더 많이 줄이게 되었다.

그 일을 실무 책임자인 내가 떠맡게 되었다. 힘들고 욕 들어 먹기 딱 좋은 일이었다. 어느 누가 학자의 명운을 걸고 자신이 연구하고 있는 연구소를 다른 연구소와 합치려 하겠는가? 나는 각오를 단단히 해야 했다.

정책 방향이 통폐합이었지만 강제로 할 수는 없는 일이었다.

학내의 연구소들을 통폐합하려면, 그동안의 연구 성과와 그에 바탕을 둔 연구 결과를 확인해야 했다. 그것을 토대로 공정한 심사를 거쳐 연구소들과 연구원들을 통폐합하기로 하였다.

당시 경상대의 인문 사회계의 연구비는 총 4억 정도가 지원되고 있었다. 내 생각으로 여기의 50%인 2억 정도는 더 늘려야 하지 않겠나 싶었다. 그래서 우리 대학 내에서 지원할 만한 우수한 연구자와 단체를 살펴보니, "중점 연구소 사업"이라는 이름 아래 사회학과 팀의 연구 활동이 활발했고 준비가 많이 되어 있었다.

학문적 다양성과 포용성이 대학의 진짜 큰 가치인데, 연구 활동을 열심히 잘하고 있는데도, 이데올로기의 편향성을 문제가 있어서 논란이 있었다. 이데올로기적 편향을 넘어 실력 있는 곳에 지원해야 한다는 생각에 추천하였다.

사회과학 연구소의 연구 평가 결과가 좋지 않으면 나 또한 책임을 지고 그만두어야겠다는 생각까지 했다. 그러나 다행히도 심사 결과가 좋았고, 예상대로 그들이 선발되었다. 그것도 단 한 번 만에 2억 목표를 달성해버렸다. 나는 그동안 그 연구소를 비난했던 사람들에게 더 좋은 연구 성과물을 가져오면 더 많은 지원 자금을 마련해 드릴 테니 좋은 성과물을 어떻게 만들어올지 고민을 많이 하시면 좋겠다고 말했다.

한번은 통폐합을 반대하는 한 사회과학 연구소가 꼭 참여하고 싶어 하는 연구 사업이 있다는 것을 알고 이 사업에 협조하는 것으로 통폐합에 응하도록 조건을 걸었다.

나는 그들이 이 연구 사업을 맡을 수 있도록 최대한 협조해주기로 약속하였다.

실제로 이 연구팀 교수와 연구 지원 과장과 함께 연구 사업 관련 부처 사람들을 만나러 서울까지 함께 간 적도 있다. 연구 사업의 선정 조건이나 상황, 선정 가능성을 높이는 방법 등을 알아보기 위해서였다. 관계자들을 만나 늦은 시간까지 이런저런 이야기들 듣다가 밤이 되어서야 끝났는데, 지하철까지 끊겼다. 그래서 할 수 없이 근처 호텔에서 하룻밤 묵었다가 가기로 하고, K 호텔에 가보니 방이 하나도 없었다. 그 근처 이리저리 다니다가 지하철 근처 딱 하나 남은 방을 겨우 잡고는 셋이서 하룻밤을 보내게 되었다.

이 일로 우리는 두고두고 "함께 잠을 잔 사이"라고 농담도 하면서 서로의 지지자가 되었다.

사실 허권수 교수님이 소속된 남명학 연구소도 반발이 심했다.

그때, 남명학 관련 연구소들의 통폐합 갈등이 심할 때는 술잔이 날아들기도 했지만, 감정에 휘말리지 않는 나의 냉정한 대처를 보고는 뒤에 허

교수님을 비롯하여 다른 교수님들도 나를 믿어주었다. 사실 아무리 험악한 분위기에도 내가 감정을 비치지 않은 것은 처음부터 마음속으로 각오하고 일을 시작하였기 때문이다. 어차피 그 일은 그렇게 서로 힘든 일이었다. 학문하는 학자로서 자신들이 애써 만들어 놓은 연구소가 없어진다는 것은 아주 큰 일이기 때문이다.

그 뒤 허 교수님은 자신의 저서에서 그때의 일에 관해서 이야기하면서, 내가 그때 일에 대처하는 모습을 보고, 앞으로 큰일을 할 사람이라고 생각하셨다고 한다.

인문 사회계 대형 연구 사업에서 발휘된 종잣돈의 힘

학내 연구소들의 통폐합 문제로 시끄러울 때 마침 전국 단위 인문 사회계 대형연구 사업이 있었다. 지원비는 8천만 원에서 최고 3억까지 지원하는 일이었다. 이 일은 박사 후 연구원 과정이 있어야만 지원 자격을 준다는 조건이 붙어있었다.

그래서 전체 인문 사회계 교수들에게 공지했다.

학교에서 적극적으로 지원해 줄테니, 인문 사회계 대형 연구 사업에 참여할 생각이 있는 팀은 첫 번째로 무조건 "박사 후 연구원"을 확보하라고 했다.

그리고 책무성을 가지고 연구계획서를 준비하고 작성하도록 "Seed

Money(종잣돈)" 제도를 만들었다.

씨드머니 **Seed Money, 종잣돈** 제도란 당시 학교에서 처음 시도한 것으로, 예를 들어 1억 원짜리 연구를 계획하여 도전한다면 100만 원을, 2억짜리에 도전하겠다고 하면 200만 원, 3억짜리면 300만 원을 일종의 착수금으로 결과를 묻지 않고 먼저 지원해주는 것이었다.

얼마 되지는 않지만, 이 돈이 계약 효과 비슷한 것으로 책임감과 소속감 같은 동기부여가 되었으면 했고, 실제로 작업하는데 어떤 형태로든 도움이 되기를 바랐다. 많이 지원할 수는 없었지만, 그렇다고 말로만 좋은 연구물을 만들어오라고 하는 것은, 의욕이나 책임감이 생기지 않으리라 생각했다. 나 또한 씨드머니를 만드는 것 자체가 일종의 투자였다. 그중에는 정말로 제대로 신청서 작성을 한번 해보리라 작정하고, 받은 씨드머니로 여관을 잡아서 사흘 동안 밤새며 열심히 신청서를 작성하신 분도 있었다. 이렇게 교수님들의 적극적인 노력 덕분에 당시 우리 대학이 신규로 진입한 사업이었는데도 전국 대학 중 4위의 성과를 냈다.

연구 성과 평가 결과 서울대, 연세대, 고려대 순위였고 그다음이 이화여대와 우리 경상대가 공동 4위였다.

이 사업에서 우리 대학은 씨드머니 제도를 처음 도입했고, 박사 후 과정을 먼저 확보하게 한 것과 그 준비를 위해 동기부여와 책임성 있는 연구계획서 작성을 위해 씨드머니 제도를 적용하여 선투자의 개념을 도입한 것이 적중하였다.

나 또한 이런 일을 통해 느낀 점도 있었다.

물론 학생들과 그동안 열심히 무언가를 만들어내려 이래도 보고 저래도 보고 했지만, 교수님들처럼 아주 똑똑하고 고집이 센 사람들도 동기 부여가 잘되면 열심히 움직인다는 사실이었다. 누군가 말하지 않았던가? 칭찬은 고래도 춤추게 한다고. 믿음 또한 사람을 움직이게 하는 힘이 있었다.

지방 대학 재정 지원 사업에는 편지로

다음으로 한 일이 지방 대학 재정 지원 사업이었다. 이 사업은 해마다 각 대학을 평가하여 지원하는 사업으로 최대한도가 20억이었는데 내가 담당자가 되기 전까지 우리 대학도 2년여 동안 도전했는데도 매번 실패했다. 나 또한 이 일을 담당하고 처음으로 도전했는데 첫해에는 실패했다. 그래서 그다음 해에 단단히 준비해서 다시 도전했다.

심사관이 학교에 오자, 나는 우리 대학이 그동안 기준에 맞게끔 잘 준비했음을 최대한 피력하고자 했다. 하지만 심사관의 태도가 영 실망스러웠다. 도대체 귀 기울여 들으려고도 하지 않았다. 나뿐만 아니라 그동안 이 사업을 관리하던 교수님까지 나와서 30여 분 동안 기다린 끝에 심사관에게 설명하려 했지만, 역시나 시간이 촉박하다며 듣는 둥 마는 둥 하고 먼저 가버렸다.

1년여 동안 만반의 준비 끝에 기다려온 시간인데, 심사평가가 졸속으로 진행된다는 생각에 참을 수가 없었다. 아무리 생각해도 가만히 있으면 안 될 것 같아서 당시 평가 위원장을 맡고 있던 교수님에게 4장짜리 정중한 편지를 써서 보냈다.

당시 평가 위원장이 특히 강조한 "수월성"에 초점을 맞춰, 우리 학교가 얼마나 준비되어 있는지, 그동안 갖춘 능력과 성과들을 제시하고 평가를 제대로 받지 못해 아쉽다는 점을 피력했다. 그리고 다시 한번 제대로 다시 평가해 줄 것을 호소하였다.

그랬더니 얼마 후 그렇게 반영하겠다는, 아주 담담하고 건조한 답장이 왔다. 다시 심사하러 오겠다는 약속 같은 것도 없었다. 그래서 그 답장에 별 기대를 하지 않았다. 그냥 의례적인 답장 정도로 생각했다. 그런데 결과가 발표가 난 것을 보니 우리 학교가 이 사업에 선정되어 있었다. 당시 돈의 규모를 보았을 때 엄청난 액수였다. 한도가 없는 20억이었고, 2000년대 초이니 지금으로 환산해 보면 100억 정도는 족히 되는 규모였다. 우리가 심혈을 기울여 준비했던 성과들을 제대로 평가받았다는 자부심과 연구지원실의 성취감도 컸다.

무엇보다 자신 있었던 6T분야 교수 지원사업

당시 6가지 미래 유망 기술 분야가 한창 뜰 때였다. 6T란 기술을 의미하는 테크놀로지의 약자인 T를 따와 6개의 기술(T) 분야로 정보기술, 나노

기술, 바이오 기술, 환경. 에너지기술, 우주. 환경 기술, 사이버 기술을 꼽았다. 미래에 유망한 첨단 융합 기술들로 대학에서부터 지원 육성하려는 의도로 마련한 것이었다. 그래서 정부에서 각 대학에 6가지 기술 분야에 연구 성과물을 내어놓을 교수와 연구진을 모집했다. 그런데 이런 정책 방향과 같은 일을 이미 오래전부터 해오던 나로서는 경험이 많았기 때문에 잘만 하면 손쉽게 지원받을 수 있겠다는 판단이 섰다. 방향과 초점을 정확히 알고 있기에 우리 대학 교수님들이 조건에 맞는 노력을 조금만 하면 쉽게 가져올 수 있는 사업이라 확신했다.

때로는 결과 그 자체, 성취감이 강한 동기부여가 되기도 한다. 그래서 마침 자신 있는 것으로 우리 학교 교수님들이 성취감을 느낄 수 있도록 무조건 많이 받는 방향으로 정했다.

본부에서는 각 학과에서 올라온 지원서에 따라 핵심적인 맞춤 제안했다. 그리고 주위에다 권유도 많이 해서 20여 명 정도 참여했는데, 이는 평소보다 많은 인원이 참여한 것이었다. 그렇게 했더니 정말로 내 예상대로 열 명의 연구자들이 명단에 오르는 기염을 토했다. 이것 또한 우리 대학에서 전무후무한 놀라운 기록이었는데, 문제는 10명의 교수 배정을 해야 할 때 지정한 것이 아니었기에, 서로 자기 것이라고 주장하는 등 약간의 소란이 일었다. 그래서 공정성 논란에 휘말리지 않게 잘 배분하는 것이 또 문제였다. 원래 이 배분의 문제는 교무처의 일이었는데, 처음 지원할 때부터 내가 함께하였기에 일의 취지와 과정을 다 알고 있는 나에게 교수 정원 배정 문제를 맡겼다.

나는 대상 학과들의 3년 동안 연구 성과를 수치화하고 그 실적에 따라 정량화하여 데이터로 만들었다. 그것을 학무 회의에 통과시켜 그대로 추진하였다. 양식화된 연구 실적대로 교수 정원을 배분하자 별 이견 없이 무난하게 넘어갔다.

국가의 미래 과학 연구는 국가 핵심 연구 센터 NCRC에서

국가 핵심 연구센터NCRC 사업은 연구센터 육성 사업 중 하나인데 주로 학제 간 융합 분야를 만들어 새로운 산업 연구를 육성하기 위한 것이다. 과학재단이 2003년도부터 실시해 오고 있다.

요즘은 기존 전문 분야의 경계를 넘어선 융합적인 새로운 기술들이 속속 나타나고 있다. 이에 맞춰 각 대학도 복합형 신기술과 원천기술 개발을 위하여 융합적인 이름을 내걸고 출연연구기관과 기업 연구소가 공동으로 참여해 연구를 수행하고 있다. 여기에 우리 경상대와 서울대가 처음으로 국가 핵심 연구센터로 지정이 되었다.

이때까지 국가에서는 사이언스 리서치 센터SRC와 엔지니어링 리서치 센터ERC 등과 같은 자연과학대와 공과대학 분야에 많은 지원을 해왔다. 그런데 이제 선도적으로 융합 분야의 이름을 내걸고 새로운 연구 사업을 만들어야 했다.

정부에서 시행하는 순수 단일 연구개발 사업으로는 이 연구 사업이 국내 최대 규모였다. 처음에는 1년에 10억 정도의 규모였다가 다음 해부터는 1년에 20억으로 지원금이 많아졌다. 전국에서 단 두 군데의 대학만 선정하는 것이었다.

이런 좋은 기회를 놓칠 수 없다는 일념으로 지원 요강을 꼼꼼히 읽어 보니, 눈에 탁 들어오는 게 있었다. 그것은 연구소의 연구 전담 교수가 정식 교수로 있으면 더 유리하다는 것이었다. 아무래도 전담하는 정교수가 있으면 그 일에 주력할 수 있으니 그런 조건을 내건 것이다.

마침, 우리 학교의 연구소에 조무제 교수님이 전담하여 추진하고 있는 연구 사업이 있었다. 당시 경상대학교에서도 조무제 교수님이 SRC^{Science Research Council}를 맡아서 진행하고 있었다. 그 연구 사업은 경상대학교와 전북대, 부산대학교가 같이 참여하고 있었다. 우리의 경쟁자가 될 이들 다른 대학들의 상황을 알아보니 전부 연구소 전담 교수가 있었는데 담당 교수진이 전공학과로 돌아가 있는 상태였다. 그러니 전담 연구교수가 사실상 없는 상태였다.

그 당시, 각 대학은 지원사업에 따라 연구소가 꾸려지고 어느 정도 일이 진행되면 참가인원 대부분은 자신들의 원래 전공학과로 돌아가는 것이 일반적이었다.

산업계의 수요에 의해 만들어진 새로운 분야는 아직 대학 내에서 하나의 학과로 정착되지 않은 상태였고, 그때그때 필요에 따라 신생 연구팀이 만들어지고 있는 정도였다. 전북대, 부산대, 서울의 몇몇 대학에서도 그런 상태였고, 그때까지 연구소에 전담 연구 정교수가 남아 있는 우리 경상대가 오히려 특별한 경우였다. 우리 학교는 당시 그동안의 연구 실적이나 사업 참가 경력으로 봐선 유리한 조건이 아니었기에 전담 연구소와 연구 정교수가 있다는 점을 적극적으로 이용해 계획안을 만들 생각이었다.

그런데 조무제 교수님한테 전담 교수가 남아 있는 학교는 우리뿐이라고 적극적으로 상황을 설명하고 설득했다. 교수님으로서는 그동안 전담했던 연구가 어느 정도 마무리 단계에 접어들었고, 그것도 전국 대학교와 치열한 경쟁을 거쳐야만 생길지 안 생길지 모르는 불확실한 연구 사업에 어정쩡하게 매여 있어야 하니 처음에 거절하는 것이 당연했다. 그래도 그것이 지방 대학 쪽에서는 우리 대학의 유일한 강점이자 변별력이라고 거듭 설득하였고, 신청하자고 하여 계획서를 작성하였다. 작성팀들은 이미 SRC와 BK 신청서를 성공적으로 작성한 경험이 있기 때문에 충실한 계획서를 작성할 수 있었다.

그런데 이 사업 첫해에는 딱 두 개의 대학만을 뽑았는데, 전국에서 한 50여 개의 대학이 지원을 해왔다. 그럼에도 우리가 처음 평가에서 5개의 대학 안에 들더니, 마지막에는 서울대와 함께 우리 경상대가 선정되었다.

한국 연수와 미국 교환학생 교환하기

당시 대학들은 국제 협력 활동을 활발하게 하였는데, 특히 교환 학생제에 관한 관심이 높았다.

우리 학교 역시 협약을 맺고 있는 학교가 있었는데, 정기적으로 보낼 수 있는 곳은 미국의 피츠버그 대학 하나였다. 우리가 흔히 알고 있는 동부의 펜실베이니아주 피츠버그 대학이 아니라 캔자스주에 있는 인구 5만쯤 되는 조그마한 도시에 있는 피츠버그 주립 대학이었다. 이때까지만 해도 이 대학에 1년에 한 명 정도 교환학생을 보내고 있었는데, 일단은 교환학생 수가 너무 적다는 생각이 들었다.

세계적 학교로 만들려면, 국제적인 협력 활동에 더 노력할 필요가 있었다. 국제적 위상을 높이는 것뿐만 아니라 개방적이고 다양한 국제적 경험을 쌓기 위해서는 교환학생 제도를 확대할 필요가 있었다. 그래서 일단 인원수라도 늘려볼 계획을 세웠다.

연구 부실장으로서 담당자를 만나 이 문제를 협의하였다. 그런데 당시 피츠버그 대학의 국제 교환학생 담당자가 까다롭고 고지식하다는 말이 들려왔다. 소문대로 담당자는 상당히 업무 중심적으로 딱딱하게 굴었다. 자신들의 대학에 경상대가 별로 해주는 것도 없는데 왜 자신들이 경비를 들여가면서 학생 인원수를 늘려야 하냐며 회의적인 반응을 보였다.

그런데 이 담당자는 교환학생에 대해서는 회의적이었지만 매년 피츠버그 주립대 학생들을 이끌고 한국으로 단기 연수를 오고 있었다. 그것과 우리가 원하는 교환학생과 연계시켜 서로 주고받는다면 좋은 결과가 나올 수도 있겠다는 생각이 들었다. 그래서 우리 학생들이 우리 학교에 납부하는 등록금만큼 피츠버그 대학 학생들이 한국에서 연수하는 비용을 부담하는 것으로 우리는 계획안을 짰다. 한국의 자연과 문화유산, 산업 현장을 방문하게 계획안을 만들었다. 해인사를 비롯한 명승지와 거제 창원 등지의 조선소, 그리고 지역의 산업 현장을 방문하고 광양제철소도 연수를 해주겠다고 제안했다. 그랬더니 교환학생 인원수를 5명까지 늘려주었다.

이때 서로 협상하는 과정에서 담당자와 많이 싸우기도 했는데 나중에는 친해져서 지금까지 서로의 안부를 묻고 연락을 주고받는 사이가 되었다. 지금은 은퇴하였지만 어쨌든 이분과 우리 대학 측의 노력 덕분에 요즘도 여름이 되면 미국 학생들이 연수 오고 우리 학생들도 미국으로 공부하러 가고 있다.

또 하나의 삶,
연구자의 길

기술 공학 연구 책임자로서 "중점 연구소 지원사업"을 하다

내가 경상대학교 공과대 고분자 학과 교수가 될 수 있었던 데에는 1987년 졸업논문이 중요한 역할을 했다. 내 연구 성과이자 결과물인 연구 논문이 경상대 총장님 눈에 띄어 인정받았기 때문이다. 연구를 잘하는 사람으로서 인정받은 덕분에, 오늘의 나로 올라설 수 있었다. 그만큼 연구는 내 삶의 이력에 중요한 일이다.

우리 대학 또한 교육부나 산자부 등 국가기관에서 주관하는 연구 사업에 끊임없이 도전하여 학생들의 연구 실력을 키우고, 지자체나 산업계의 요구에 따라 지역거점 대학으로서 역할을 다하기 위하여 노력해 왔다. 그 덕분에 경상대는 연구 중심 대학으로서 실력과 명성을 쌓아왔다.

이 당시 우리 대학이 참여했던 연구과제는 여러 가지가 있는데, 중점 연구소 사업도 국가의 장기 프로젝트 중 하나였다.

교육부와 한국연구재단이 주관하는 "대학 중점 연구소 지원사업"은 이공계 대학 부설 연구소의 인프라 지원을 통해 대학연구소의 특성화와 전문화를 유도하는 대형 국책사업이었다.

무리한 계획안으로 밀어붙인 "BK 21" 사업

2006년, 교육부에서 21세기를 이끌어 갈 핵심 두뇌를 양성하겠다는 목표로 오랜 시간 동안 시행한 것이 BK21이라는 사업이다. 이 사업 핵심은 미래산업의 먹거리를 만들어낼 석, 박사급 인력 양성이 목적이다. 그래서 이름도 Brain Korea 21c(21세기 한국을 이끌 두뇌)의 약자로 만들었다. 미래 한국 사회를 이끌어갈 석. 박사급 인재들을 선정하여 연구 장학금을 지원하고 또한 신진 연구 인력에게도 인건비를 따로 책정해서 대학에 지원했다.

1999년부터 2006년까지 1단계 지원에 1조 3,000억 원을 들였다. 2단계인 2006년부터 2013년까지, 2013년에서 2020년 3단계까지 단계별로 각 7년에 약 2조 가까이씩 지원했다. 지금까지 총 3번의 지원사업이 완료되었고 현재 4단계 사업이 아직 진행 중인 장기 사업이다.

지금도 경상국립대는 2020년 9월부터 2027년 8월까지 7년간 추진되는 이 사업에 모두 10개 사업단(팀)이 참여하고 있다.

처음으로 경상대가 이 사업에 참여하게 됐을 때의 기쁨과 자부심은 컸다. 우리 대학이 대규모 국가사업에 참여하여 연구 중심 대학으로 인정받는 일이었기 때문이었다.

당시 우리 학교의 경우는 나노신소재 공학부하고 화학과가 이 사업에 해당되었다. 그래서 처음에는 양쪽이 함께하려고 계획했는데 나노신소재 공학부 교수님들이 화학과와 일의 성격이 다르다며 주저하였다. 나노신소재 공학부는 융합 학문 분야로 당시 첨단의 신생 인기 분야였다.

자칫하면 두 학과의 자존심 대결로 번질 가능성이 있었다.

중간에서 내가 제대로 조율하지 못했던 탓인지 화학과 교수님들의 나에 대한 실망도 있었다.

울산과학기술원과의 업무 협약식

어쩔 수 없이 양쪽이 팀의 이름을 따로 걸고 두 팀 모두 지원하기로
했다.

그동안의 연구 성과와 경험을 객관적으로 냉정하게 분석하고 평가해
보았다. 우리 학부의 연구 성과를 보니 지방 대학 중에서 순위상 5위 정도
에 들어갔다. 그런데 이 사업에서는 세 개의 대학만 선정할 예정이었다.
그러므로 최대한의 가능성과 장점을 반영해서 계획안을 잘 작성해야 했
다. 사실 연구사업의 가능성에다가 비중을 많이 두고 추진 계획서를 쓰다
보니, 내가 생각하기에도 추진하기에는 좀 무리한 내용도 있었다. 그럼에
도 일단 선정되는 것이 중요했고, 뒷일은 무리해서라도 열심히 한다면, 성
취하지 못할 목표는 아니라고 판단되었다.

특히 세부 계획안을 세울 때는 최종적으로 세 번 이상을 더 교정할 정도
로 신청서의 완성도를 높였다.

그 덕분인지 나노신소재 공학부뿐만 아니라 화학과도 같이 선정되었
다. 어느 한쪽만 되었다면 온전하게 기뻐하지 못했을 텐데 두 과가 다 선
정되는 바람에 학교에서는 경사의 기쁨을 누릴 수 있었다.

게다가 이 일은 경상대에 나노신소재, 화학이라는 새로운 특성화 분야
가 공식적으로 생긴 계기가 되었다.

개인적으로 이 연구 사업은 내가 조금 무리하게 설계한 계획안대로 그
목표치를 달성하기 위해 그 뒤에 엄청나게 노력했던 것이 기억에 남는다.
사업계획서를 그렇게 썼으니 그 또한 일종의 약속이었기 때문에 어쩔 수

없이 최선을 다해서 책임을 지고 추진했다. 그 결과 2007년, 2008년, 2009년 3년 연속 재료공학 분야 1위에 선정되는 쾌거를 달성했다.

이 일로 조금 무리한 계획이더라도 일단은 시작이 반이라고, 과감하게 행동하고 보자는 생각을 하게 되었다. 그동안 여러 교수에게서 너무 젊어서 뭣도 모르고 안될 일을 무리하게 추진한다는 말을 많이 들었는데, 나는 사실 지금도 우리 학교가 조금 무리해서 일하는 것도 나쁘지 않다고 생각한다. 목표치를 높게 가지고 열심히 하면 잘할 수 있는데, 자신을 너무 겸손하게 낮추어 생각하는 것이 아닌가 생각한다.

나는 이 BK21사업의 사업단장이 되어 2006년부터 2009년2월, 학장으로 취임할 때까지 책임자로 일했다.

처음 우리 대학이 지방 대학 중에서 업무 성과나 연구 환경 평가에서 순위가 5등 정도였는데, 계획을 잘 세우고 적극적으로 열심히 하여 3년 연속 재료공학 분야 지방대학 중 최우수 대학이라는 좋은 결과를 만들어낼 수 있었다.

출발은 미약했지만, 엄청난 결과를 냈던 21세기 프론티어 사업단 연구비 수주

이 일은 2003년경 시작해서 내가 총장이 된 해인 2011년까지 오랫동안 진행한 장기 프로젝트다. 유기반도체 관련한 연구 사업이었는데, 처음 이

사업에 어떤 식으로 접근해야 할지 고민하고 있을 때, 이 사업 총괄 담당자에 관해 알아보니, 개인적으로는 내가 잘 모르는 사람이었지만 같은 대학교 선배였다. 위낙 대선배라 그동안 만난 적은 없었지만, 그 총괄 책임자를 연결해 줄 사람을 찾아서 부탁했다. 그러고는 그것을 핑계로 무작정 총괄 책임자를 찾아갔다.

직접 찾아가서 내가 여태까지 해오던 분야라 이 일을 잘할 수 있다며, 또 내가 지금까지 관심을 가지고 있던 분야라 이 연구를 정말로 꼭 맡아서 하고 싶다고 적극적으로 말했다. 그랬더니, 나중에는 그럼 한번 연구를 시작해 보라며 위탁 조로 조그마한 일을 떼어서 시작하게 해주었다.

처음에는 2,000만 원으로 시작했던 일이, 다음 해에는 3,000만 원, 그리고 그다음 해에는 5,000만 원으로 점점 규모가 커졌다.

이렇게 3년 동안 작은 연구부터, 그것도 위탁받아 시작했지만, 노력한 만큼 연구 결과가 좋아서 나중에는 본격적으로 대규모 연구과제 사업을 맡아서 하게 되었다.

4년 동안 100억이 집행되는 일이었는데 1년에 25억씩 4년 동안 연구하는 것이었다. 나는 이 사업의 총괄 과제 책임자가 되어 관리 감독했다. 이렇게 별 기대도 하지 않고 작은 과제로 시작해서 나중에는 아주 큰 사업으로 확장해 가니 운도 좋았고, 성취감도 컸다.

광주 과학기술원, 카이스트, 포항공대, 고려대 등과 2개의 기업과 같이 연구를 수행하였는데 총괄 책임자로서 그 연구과제를 수행하는 과정은 사실 굉장히 힘들고 책임도 무거웠다.

연구비는 계속 나왔지만, 연구 결과가 쉽게 나오지 않아서 이래저래 마음고생이 심했다. 수없이 이리저리 방법을 바꿔가며 여러 번 시도한 끝에 2010년경 조금 희망적인 결과물이 나왔다. 나는 그때 밑에 있던 실력 있는 연구원에게 조금만 더 빨리해서 진행하라고 닦달했다. 왜냐하면 연구에는 타이밍도 중요한데 거의 다 된 상태에서 조금만 머뭇거려도 성과를 빼앗길 수 있는데, 다른 연구팀에서도 같은 연구를 하고 있기 때문이다. 과학의 역사를 조금만 뒤져봐도 거의 비슷한 시기에 같은 것을 연구하고 있는 일은 비일비재하고 그 성과물을 차지하는 과정은 우여곡절도 심하고 또 때로는 비정하기까지 하다.

그래서 연구 논문 작업과 보고서, 논문 작성을 빨리하라고 다그쳤는데, 아니나 다를까, 다른 팀이 같은 화합물을 국제 저명 논문에 발표하였다. 시간 차이가 아쉬웠다. 조금만 더 빨리했더라면 놓치지 않았을 텐데, 하는 아쉬움이 컸으나 실의에 빠져 있을 시간도 없었다. 당시 우리는 그것보다 더 우수할 것으로 예상되는 다른 것도 따로 진행하고 있었기에 이번에는 절대로 뒤처지면 안 된다며 또 연구원을 독려하였다.

이런저런 우여곡절 끝에 2011년에는 기대하던 좋은 결과물이 나왔다. 세계 최고의 유기반도체 재료였다. 대어를 낚은 것이다.

유기물로 만든 반도체 재료 중에서 '정공Hole'의 이동 능력이 기존 재료들보다 월등히 뛰어난 "레코드 하이 홀 모빌리티Record-High Hole Mobility"를 만들어 낸 것이다. 이는 반도체 소자의 성능을 크게 높인 것으로, 기존의 소재보다 전류가 더 잘 흐르고 고속이나 저전력 소자를 더 잘 구현할 수 있으며, 트랜지스터 스위칭 속도도 개선한 것이다.

우리 팀의 이 새로운 반도체 유기물 결과물은 상업적 활용 가능성이 높았기에 당시 업계의 비상한 관심을 끌었다.

특허는 2012년에 나오고 2013년도에 논문이 나왔는데 지금까지도 세계에서 가장 앞선 연구 결과물 중 하나로 관련 연구자들이 1000번 이상 논문 인용을 한 것으로 안다. 재료에 관한 기사가 네이처와 사이언스지, 네이처 매트리얼스Nature Materials, 네이처 일렉트로닉스 등지에 실렸고, 미국 스탠퍼드 대학, 시카고 대학, 영국 임페리얼 칼리지, 이탈리아 IIT 등지에서 우리 재료를 가지고 가서 연구를 계속하고 있다. 현재, 이 재료는 일반적인 조건하에서 가장 높은 이동도를 갖는 재료로 인정받고 있다.

요즘 반도체는 무기물인 실리콘에서 벗어나 유연성을 확보하는 것이 관건이다.

기존의 실리콘 반도체는 라인을 하나 깔 때 거의 조 단위의 엄청난 돈이 드는데 유연하고 용액에 잘 녹기도 하는 유기반도체는 시설설비에 돈이 별로 들지 않는다. 용액에 잘 녹기 때문에 잘 휘고 변형이 가능한 판에다 잉크 젯 프린팅으로 회로를 만들어 다양한 곳에 적용할 수 있다. 이 가능성이 무한하여 반도체가 필요한 각종 센스나 감지기에 사용하기에도 좋다. 상황에 맞게 움직이는 대상에 붙여서 압력이나 습도 온도 냄새 등을 감지할 수 있다. 스탠퍼드대, 시카고대 등과 이 분야 연구를 계속 같이 진

기업체들과의 협력 연구

간혹 국가기관과 학교와의 연구 사업뿐만 아니라 기업체들과의 공동연구를 통해 대형 연구 사업에 참여하는 기회가 생기기도 하는데 나는 꽤 오래전부터 삼성, LG 등과 관련 사업들에 관한 연구를 해왔다. 그동안 삼성 SDI와 반도체 소재 연구, LG하고는 올레드OLED 관련 전자기술 연구 등을 진행했다. 이들과의 연구는 내 제자들에게도 취업과 연결되는 혜택이 주어졌고, 2011년에는 경상대학 내에도 삼성 디스플레이 올레드OLED 센터를 유치할 수 있었다.

처음 삼성과 연구하게 된 계기는 1996년 미국 MIT 박사 후 연구원Post Doctor으로 갔다가 돌아오니, 과학기술원 실험실 후배가 이런저런 좋은 연구과제가 있는데 자신들과 연구를 함께 하지 않겠냐고 했다. 그러면서 말하길, '형님, 연구비는 많이 줄 수가 없어요. 한 500만 원 정도만 줄 수 있습니다' 하는 것이었다. 당시 500만 원 정도면 일반적인 연구비 정도였지만 문제는 삼성이 하는 것이라 성과만 좋으면 나쁘지 않겠다는 생각이 들었다.

그러다 얼마 있다가 후배가 또다시 연락해 왔다.

"형님 미안합니다. 저번의 그 일은 하기가 힘들게 됐는데요. 대신에 재료비를 대 드릴 테니까 새로운 것을 하는 게 어떻겠습니까?"

하는 것이었다.

되어가는 상황을 보자니, 다른 일이었으면 그냥 그만두었을 텐데, 삼성이란 큰 회사와 같이한다는 것 때문에 일단은 참았다.

"그래 뭐, 그렇게 하자."

그렇게 대기업과 일을 시작하게 되었다.

그때는 회사 내부의 복잡한 사정을 몰랐는데, 나중에 알고 보니까 그 후배 위에 있던 상무라는 사람이, '하고 많은 대학 중에 하필 지방 대학인 경상대와 하려고 그러냐'라고 했다는 것이었다.

그 말을 듣고 나는 이번에 진짜 제대로 해서 실력을 보여주겠다는 마음을 먹었다.

처음 500만 원 재료비 조로 받아 연구를 했더니, 생각보다 연구 결과가 잘 나왔다. 그러자 그다음에는 3천만 원 주면서 이제 연구를 더 늘렸다. 그런데도 결과가 또 괜찮게 나오자, 이번에는 5천만 원을 주며 연구하라고 했다. 회사 사람들도 대학에다 연구 사업을 주는 것이 생각보다 쏠쏠한 재미도 있고 또 확실하다고 생각했던 모양이었다.

그즈음 내 귀에 '경상대는 확실하다'하는 평가가 들려왔다. 그와 함께 그동안 공개하지 않았던 연구 자료와 특허와 관련된 중요한 정보와 자료도 주었다. 믿음을 얻은 것이다.

그렇게 일이 진행되고 있던 차에 갑자기 무슨 변덕인지, 한두 달 지나고 난 뒤에 갑자기 '더 이상 연구하지 않겠다'라는 연락을 해오는 것이었다.

너무 갑작스러운 일이라 놀라서 이리저리 알아보니, 회사 내부 두 개의 부서가 서로 다른 견해 차이로 견제하던 중이었다.

그동안 연구 업무를 맡으면서 우리 대학과 신뢰 관계를 쌓았던 담당자가 부서 이동을 하면서 개발부로 가게 되었다. 그런데 원래 그 업무와 그에 따른 연구비는 연구부의 것이었다.

그런데 개발부는 연구 성과가 좋으니 자연 회사 내의 평가도 좋아져 우리와 계속 함께 연구하고 싶어 했다.

그런데 연구비를 지원하고 있던 연구부는 불만이 컸다.

"재주는 곰이 넘고 돈은 왕서방이 챙기듯", 자신들의 연구비로 성과는 개발부가 인정받으니, 연구부에서 제동을 걸어온 것이다.

두 부서의 싸움 덕분에 돈 들여 재주 부리던 곰(연구부서)보다 못한 처지가 되어버린 우리 대학 연구팀이 도중에 공중에 떠서 날아가게 생겼다. 그렇게 삼성과의 협업은 중단되고 말았다. 그때는 그런 상황이 무척 당황스러웠다.

그런데 얼마 후 전혀 예상하지 않았던 LG 전자 기술팀에서 연락이 왔다. 이번에는 자신들과 공동연구를 하자는 것이었다. 삼성과 연구하여 좋은 성과를 내는 것을 보고 먼저 제의해 온 것이었다. 그렇게 LG와 다시 3년 동안 공동연구를 하였고, 이 기술로 LG 전자 기술은 "우수 산학 협력 개발상"을 받았다.

그러고 나니 이번에는 삼성에서 다시 연락이 왔다.

삼성은 이번 기회에 다시 심기일전하여 완전히 새로운 연구 시스템과 연구 센터를 설립하여 대대적인 지원을 하겠다는 의견을 냈다. 연구 센터 하나당 4억에서 5억까지 지원해 주어 신기술이 나오면 삼성과 경상대가 같이 공동명의로 하고 모든 특허 비용은 자신들이 부담한다는 조건이었다.

이런 조건도 당시로서는 파격이었지만, 학교에서 제자들을 기르는 사람으로서 그 무엇보다 솔깃했던 제안은 이 공동연구 센터에서 박사학위를 받는 사람에게 삼성의 SAT(직무적성검사) 시험을 면제해 주겠다는 약속이었다. 삼성 SAT 시험은 삼성그룹 입사 공통 시험으로 통과하기 힘들기로 유명했다. 이 조건은 앞으로 경상국립대 졸업생이 삼성으로 갈 수 있는 사다리 하나가 생기는 것을 의미했다. 그래서 삼성의 제의를 기쁘게 받아들였고, 삼성과 공동연구를 하게 되었다. 이 일로 경상대 내에 삼성 연구 센터가 만들어지게 되었다.

내가 9대 총장이 되던 2011년의 일이었다.

삼성과의 협약을 두고 나중에 뒷말이 들려오기도 했는데, 삼성에 경상대의 기술 특허를 개인적으로 팔아먹었다고 하는 말이었다. 하지만, 이 말은 특허계약에 대해 잘 알지 못하고 하는 말이다. 학교의 특허 기술을 개인이 몰래 판다는 것은 사실상 불가능한 일이다. 더더구나 삼성 같은 대기업은 개인과 특허계약을 그런 식으로 하지도 않는다. 왜냐하면 모든 특허에 관련된 계약 관계의 정보들은 다 공개가 되기 때문이다.

대기업과 특허계약에 대해 경험이 부족하여 오해한 말들이라고 이해하려 했지만 어이도 없고 억울한 마음이 드는 것은 어쩔 수 없었다.

이 외에도 당시 산업자원부에서도 인력 양성 사업을 했는데, 이때 계획서를 R&E 프로그램을 비교, 분석해서 설계했는데 이것도 적중하여 평가가 매우 좋았다. 전국에서 유일하게 S 등급을 받았다.

내 실험실 이름은 나노 정보 연구실

1982년 한국과학기술원KAIST 석사(1984), 박사과정(1987)을 거친 이래 연구는 내 삶의 일부가 되었다.

연구하는 것은 가르치고 공부하는 것과는 또 다른 길이었다. 겉보기에는 지루하고 정적으로 보이지만, 그 속에서는 전쟁터와 같은 변화무쌍한 일들이 벌어지고 있다. 우연에 의한 발견, 전환을 의미하는 세렌디피Serendipity라는 말은 이런 연구실의 일면이 담겨 있다. 실패한 연구에서도 우연히 새로운 것이 발견되니 말이다. 이 뜻밖의 행운, 깨달음은 또 유레카라는 감탄사를 터트리게 한다.

예측과 계획을 세우지만, 발견 혹은 발명의 세계는 시행착오의 연속이다. 결과물에 대한 계획은 있지만, 본질적으로 찾아가는 과정에서 발견이 이루어진다.

그런데 어느새 이 연구자의 길은 나만의 연구가 아니라 대학, 우리 사회의 미래 먹거리, 그리고 내 제자들이 이어받아 성취해 나갈 과업, 학교의 위상 등이 걸린 사업이 되어가고 있었다.

내가 흥미를 느껴서 하기보다는 시대에 따라, 주어진 과제에 따라 연구하게 되었다. 그래서 연구의 방향과 내용이 시대적 요구에 따라 바뀌었는데, 자연스레 학생들에게 도움이 되는 것을 할 수밖에 없었다. 학생들의 취업이 잘되는 연구를 하는 것이 무엇보다 대학으로서는 중요했다. 하지만 취업을 위한 이런 연구가 꼭 시대적 의미를 지닌 연구인 것은 아니다. 학생들에게 현실에 맞추어 연구하라고 가르치기는 하지만 사실 시대를 앞서가는 연구는 때로는 무용해 보일 수도 있다.

내가 있는 실험실 이름은 "나노 정보" 연구실이다.

실험실이 없어 떠돌던 시절을 생각하면 이름조차 첨단을 달리는 듯하다. 그동안 연구해 왔던 주제도 많이 달라졌다. 전도성 고분자, 산소 부화막, 유기 박막 트랜지스터, 유기 태양전지 재료, OLED 재료 등을 다루었는데, 이 중에는 세계 최고의 재료 연구들도 많다.

내 전공은 고분자였다. 그중에서도 전도성 고분자에 관해 연구했다. 분자 공급과 분자와 분자 사이의 간격에 관한 연구, 분자 사이에 비어 있는 공극(홀) 연구, 그리고 그다음에는 유기반도체를 연구했다가 최근에는 유기 태양광 재료 연구까지 바뀌어왔다. 이 모든 변화는 시대가 요구하는 주제, 또는 학생들의 진로에 도움이 되는 것으로 바뀌어 왔다.

그동안 거친 많은 재료 중에서 계속 하고 싶고 개인적으로 재미있는 것이었다.

이산화탄소CO_2와 산소 그리고 이산화탄소CO_2와 수소H_2를 분리하는 작업으로 탄소 배출이 적어서 환경 보호에도 엄청 좋은 연구 주제였지만 이 연구는 도중에 포기했다. 재미도 있었고, 이론을 뛰어넘는 우수한 결과도 도출하였으며, 계속했더라면 뭔가 멋진 연구가 될 가능성이 있었지만, 학생들의 진로에는 별다른 도움이 되지 않았기 때문이다. 그런 연구들이 있다. 재미있고 가능성 또한 많지만, 현실적으로 맞지 않는 연구들 말이다.

현실에 맞는 연구에 집중하다 보니 현재의 모습이 되었다.

학생들의 취업을 신경 쓰지 않고 내가 하고 싶은 연구에만 집중했다면, 지금과는 조금 다른 연구를 하고 있지 않았을까 생각해 보곤 한다.

이처럼 하고 싶은 연구와 해야 하는 연구 사이에는 어쩔 수 없는 틈이 있다.

하고 싶은 것을 못 할 때는 아쉬움이 있지만, 사실 나는 연구하는 일 자체를 무척 좋아한다. 온전하게 몰입의 기쁨을 주기 때문이다. 그 기쁨을 알기에 내가 정말 힘들 때면 연구하는 일로 잠시 현실조차 잊을 수 있다. 물론 연구하는 사람들 대부분이 이런 자신의 전부를 던지는 즐거움을 알고 있다.

언젠가 황농문 교수의 『몰입』이라는 책을 읽고 우리 학교 학생들에게도 소개하고 싶어서 특별 강연에 초청한 적이 있다.

나는 그 책을 읽으면서 내 몰입의 시간을 자주 소환하고는 했다.

화학구조를 설계하느라 새벽이 되어 바깥이 훤해지는 것도 모르고, 집중하던 시간 말이다.

밤새 잠을 자지 않아 몸은 피곤했지만, 정신은 또렷하여 하늘을 올려다보면, 어두운 밤하늘의 달은 높고도 아슬하니 걸려 있는데, 문득 주위를 둘러보면 아무도 없고 적막한 새벽안개만이 내려와 있던 날들.

자연대 앞, 공대에서 교문으로 가는 광장 앞, 새벽길을 혼자 걸어 나가며, 그 고양된 순간을 붙잡아 두고 싶어서 시를 끄적인 적도 있었다. 바로 몰입의 순간에 관한 이야기이고, 피곤이 즐거웠던 날들에 관한 이야기이다.

새벽 안개 속에서 셀광장을 지난다
몸은 피곤하지만 머리는 깨어있고 마음도 상쾌하다

대개 연구자들은 이런 자신만의 몰입의 시간을 많이 가지고 있다. 당장 아내와도 이런 시간에 관하여 이야기하면서 공감하니 말이다.

아내는 내가 그려놓은 분자 구조 설계도를 보면서 말한 적이 있다.

"보통 사람들에게는 그냥 낙서해 놓은 종이 쓰레기처럼 보이겠지만 이게 얼마나 가치가 있는지. 연구자들한테는 수십억 원어치의 가치가 될 수도 있는데."

실제로 그 분자구조들은 연구자들에게는 연구 아이디어가 될 수도 있으며 신기술의 실마리가 될 수 있기에 가치가 있는 것이다. 그러나 시간이 흐르면 좋은 기술들이 나오기 때문에 그 그림의 가치는 떨어진다.

나는 지금도 집에서 이런 몰입의 시간을 가질 때가 있다.

그리고 내 몰입의 결과인 분자 구조 설계도의 가치를 알아보는 동반자가 있어서 또 얼마나 다행인지 모른다.

연구진에게 십계명으로 말하고 싶은 것

스스로 명심하고 경계 삼으려고 십계명으로 만들어 실천하려 노력하던 말들이 있다. 자칫 내가 늘어놓았다가는 잔소리로 인식하기 쉬워 마치 표어처럼 만들어 놓고 연구진들에게도 강조하는 나만의 격언들이다.

끊임없이 되새김질하기에는 이런 목표와 비전을 내세우면 스스로 동기부여가 되어 힘을 얻을 수 있겠다 싶어서 리스트를 만들어 놓고 틈틈이 강조하였다.

① 목표를 세우자.

② 현실을 최대한 활용하자.

③ 부지런하자.

④ 긍정적인 사고를 하고 쉽게 단념하지 말자.

⑤ 혼자 하려 하지 말고 서로 목표가 같은 연구팀을 만들어라.

⑥ 적극적으로 홍보하자.

⑦ 학생들에게는 양면적 태도를 가져라.

⑧ 학교와 학생에 대한 애정을 가지라.

⑨ 초기에 너무 큰 연구를 목표로 삼지 말자.

⑩ 현재 자기 실적에 맞는 적합한 연구를 하자.

신임 교수들이 들어오면 나는 평소 연구실에서 건져 올린 이 말들을 자주 한다. 연구자들이 최상의 재능과 능력을 갈아 넣어도 반드시 좋은 결과가 따르지 않을 수도 있다. 그렇기에 언제나 최선을 다해 자신을 가다듬어야 한다. 그래서 저절로 잔소리처럼 이런 말들을 하게 된다. 어차피 자기 스스로 체험해서 깨달아야만 하는 일이라는 것을 알면서도 마음이 쓰이기에 어쩔 수가 없다.

고등학생들도
국제적 논문을 쓴다

그동안 나에게는 다양한 통로로 고등학생들의 교육과 논문 작업을 도울 기회가 있었다.

그 중 하나가 고등학생들을 교육하고, 또 연구한 것을 저술한 논문을 한국 최초로 SCI 국제 논문으로 등재한 일이다.

처음에 부산과학고등학교에 우연히 리서치 앤 에듀케이션R&E이라고 부르는 논문을 심사하러 갔는데, 이 프로젝트는 학생들을 가르치고 연구하면서 그 결과를 논문으로 작성까지 하여 학생들의 연구 기량을 높이는 것이 목적이었다.

그다음 해에는 경상남도의 모 대학에서 실시하였는데, 어쩔 수 없이 우리 경상대학의 사범대학을 떠올리지 않을 수가 없었다. 우리 경상대 사범대학의 실력은 뛰어난데, 아직 함께할 과학영재교육원이 없었기에 이 부분을 어서 보충해서 우리도 이 리서치 앤 에듀케이션 프로그램을 유치했으면 좋겠다고 생각했다.

돌아와서 여러 가지를 준비한 결과, 2002년 말에 조건을 갖추어 2003년에야 이 프로그램을 맡았다. 경남과학고와 함께 R&E 과제에 처음으로 참여하였다.

이 프로젝트는 연구 설계를 잘하고 그에 맞는 교육을 통해 아주 좋은 논문 작성까지 각 단계별로 계획과 실행을 잘 맞추어야 했다. 또한 우리는 한발 더 나아가 이왕 하는 일이니 논문을 아주 잘 써서, 유명한 국제 학술지에 한번 실어보자는, 커다란 목표를 세웠다.

교육과정도 그때그때 단계에 맞게 교육했다. 이를테면 처음 분자를 설계하고 합성하는 과정에서는 유기화학 과목을 배우게 하고, 이론 및 물성 측정은 물리화학, 분석화학, 전기화학 과목을 가르치고, 소자 제작 및 결과 분석은 전자공학, 분석학 등을 가르쳐 단계별로 학습하게 하였다.

2003년에 시작을 해서 2004년에 실험을 마무리하였고, 이어서 논문을 작성하였다. 그리고 난 다음 해 2005년에 국제 학술지에 투고하였는데 2005년도 2월에 게재가 됐다.

실험팀 고등학생들의 논문이 국제적인 학술지에 실리자, 당시 과학계가 떠들썩했다. 여태껏 없었던 일이기 때문이다.

당시 동아일보가 이를 알고 기자가 직접 내려와서 취재를 해갔다. "한국 최초의 SCI 논문"이라는 제목에, 제1, 2, 3, 4 주 저자가 고등학생이라고 기사에 실었다.

이 과제는 그 뒤에 상당히 오랫동안 지속되었고 또 논문도 계속 여러 편을 썼다.

논문 게재에는 많은 사람이 참여하였다. 1, 2, 3, 4 논문 저자와 실험 지도를 맡은 대학원생, 지도교사, 소자 제작 지도는 LG 전자 기술원에서 했는데 서울대, 포항공대, 카이스트 출신들이었다. 그 외 실험 총괄, 연구 총괄(교신저자) 등 10여 명 내외의 저자들이 참여하였다.

이 연구 교육 프로젝트에 이름이 들어가는 고등학생들은 연인원 25명이 훨씬 넘고, SCI 논문 편수도 일곱 편이었는데, 제1 저자, 제2 저자, 제3 저자, 제4 저자는 고등학생이었다.

나중에, 이 프로젝트를 거쳐 간 고등학생들은 서울대, 카이스트, 포항공대 등으로 진학했다. 또 그중 두 명은 대통령 과학 장학생으로 갔는데, 이들에게는 4년 동안 1년에 1,000만 원 안팎의 장학금이 각각 주어졌다. 나중에 알려진 사실로 이 논문의 인용 횟수는 그 당시 상위 10%에 드는 논문이었다.

강의는 언제나 열정적으로

공과대학장,
아기 이야기로 총장님을 설득하다

2009년부터 2011년까지 공과대학장 일을 맡아 일하게 되었다.

이 시절 내가 한 일을 떠올리면 가장 먼저 떠오르는 것이 생뚱맞게도 "생겨나지도 않은 아기, 이미 태어난 아기" 이야기가 떠오른다.

좀 이상한 비유인데, 처음 이 이야기는 건축학과와 건축공학과가 아무런 대책도 없이 서둘러 분리하는 바람에 그 뒷일을 감당하기 위한 사후 약방문 격의 일 처리를 하느라 한동안 진통을 겪었다.

건축학과는 건축학 인증을 받아야 했는데, 대학에서 건축학 인증을 받지 않으면 학생들이 자격증 따기가 불가능 하였다. 게다가 건축학과는 5년을 공부한다. 이래저래 건축학과는 학생이나 대학이 비용도 많이 들고 한계가 있어서 건축학과와 건축공학과를 분리해야만 했다. 건축과 교수들은 이 두 과를 분리하자는 의견을 내면서 건축공학과 공간과 교수들로만 건축공학과와 건축학과 둘 다 분리 운영하겠다고 학교와 약속했다고 한다. 그에 따라 대학 본부와 공대를 비롯하여, 공대 교무처에서도 그렇게 하기로 하고 분리 작업을 승인했다.

그렇게 두 학과가 분리됐는데, 분리되고 나니 처음 예상과는 달리 두 학과의 공간과 교수 인원 배정 문제가 중요하게 제기되었다.

내가 업무를 맡기 전에 무슨 약속이 있었는지 자세히 알 수 없었지만, 대학 본부 측에선 난색을 보였다. 하지만 새로 책임을 맡은 입장에서 이미 분리되어 생겨난 학과의 현실을 외면할 수가 없었다. 전용 강의 공간도 없고 담당 학과 교수가 없다는 것은 불합리한 일이었다. 분리하지 않았다면 몰라도 이미 생겨난 과에 대학이 아무런 지원을 하지 않는다는 것은 해당 과 학생들에게 매우 불합리한 일이었고, 이런 경우 법률적으로 당연히 약속은 무효이다. 또 학교도 무책임한 일이었다.

대학 내부의 이해관계는 그렇다고 쳐도 어디까지나 그 학과의 학생들을 중심으로 생각하면 학생들에게 피해가 가는 일이었다.

전공 담당 교수도 턱없이 모자라지만, 대학 시설 공간을 어떻게 나눠 쓰느냐는 문제까지 복잡한 일이었다. 또 건축학과는 설계를 해야 하기 때문에 다른 과보다 최소한 1.5배의 공간이 더 필요했다. 건축공학과와 공간이 1.5배 더 필요한 건축학과까지 모두 계산하면, 처음 예상했던 공간보다 2.5 배가 더 필요했다. 또 그에 따른 교수진도 두 배가 더 필요했다.

내가 당시 대학의 예산을 보니 이월금이 매년 100억 원 이상인데, 이들 두 과의 공간 문제를 해결하는 데는 약 5억 정도면 해결이 가능할 것 같았다. 그래서 대학 본부와 공대, 공대 교무처에 가서 두 과의 적정한 공간을 확보해달라고 공과대학장으로서 요구했다.

일도 복잡한 데다 비용도 많이 들고, 또 처음 약속한 것과 다르다며 대학 측에서는 이 일을 꺼렸다. 하지만 가용비용 내에서 최소치를 잡아 어쨌든 사용할 수 있도록 합리적인 방안을 제시하였더니 그다음 해에 토목, 건축 공학관이라는 독립적인 공간이 확보되었다. 공과 대학 6호관 5층의 개축 건물이 바로 건축학과 공간이다.

그런데 남은 것은 이제 알맞은 인원수의 교수진 확보 문제였다.

교수진 확보는 쉬운 일이 아니다. 학교당 정원이 정해져 있고, 여러 이해관계가 걸려 있어서 대학 측에서도 마음대로 할 수 있는 일이 아니었다. 그래서 애초에 건축공학과가 건축학과와 분리하면서 머리 아픈 공간 문제와 교수 정원 문제는 건드리지도 않고 대책없이 과를 분리해버린 것이었다.

이 부분은 내가 아무리 성의를 가지고, 문제를 해결하려 해도 마음대로 되는 것은 아니었다. 이리저리 궁리하던 차에 가만히 보니까 그 당시에 하우송 총장님께서 언론 관련 학과를 만드는 것이 우리 대학의 꿈이라 다음에 만들 언론 관련 학과를 위해 남몰래 할당해 놓은 교수 정원이 있다는 소식을 들었다. 그걸 용케 알아내어서 총장님을 만나 설득했으니 내가 생각해도 총장님이 몹시 난감했을 듯했다. 하지만 교수도 없이 공부를 제대로 못 배우게 될 공과대생의 처지가 나에게는 당장 더 아쉬웠다.

"총장님, 아직 태어나지도 않은 아기를 위해 이미 태어난 아기를 죽일

겁니까? 언론 관련 학과는 아직 생기지도 않은 과이지 않습니까? 하지만 지금 건축학과는 이미 태어나 지금 교수진이 없으면 나중에 인증을 못 받아 학생들에게 곤란한 문제가 생깁니다."

이렇게 끈질기고 간곡하게 설득했다. 결국 언론 관련학과를 위해 남몰래 할당해 놓은 교수 자리를 공과대 쪽으로 가져올 수 있었다.

당시 언론 관련 학과를 만드는 것은 경상대학의 숙원 사업이었다. 그때 총장님에게서 교수 정원을 받아낸 것이 항상 그분한테 미안하고 고마운 마음을 가지고 있었다.

내가 11대 총장을 맡았을 때 임기 마지막 해에 경상대학교와 경남과학기술대학을 합쳐서 경상국립대에 미디어 커뮤니케이션 학과를 만들었다. 우리 대학의 30년 숙원 사업이었다.

미디어 커뮤니케이션과를 만들고 난 뒤 그 때의 선임 총장님께 전화를 드렸다. 그리고 '30년 숙원사업이었던 미디어 커뮤니케이션 학과를 만들었습니다'하고 인사를 드렸다. 이 학과는 2025년 수시 모집에서 최고의 경쟁률을 기록했다고 보도되었다.

그다음 공과대학장으로 당시 우리 대학의 추진사업이었던 우주항공 산학관을 신설했고, 혁신도시 입주기관들 중 남동 발전 협력 협약을 체결했는데, 이 일에도 나름대로 사연이 있다.

당시 총장님이 지역에 협약을 맺고 입주한 기관이나 업체들과 실제로 뭔가 같이 일을 해서 좋은 성과를 내보라고 하셨다. 그런데 현실적으로 입주업체나 관련기관 중 그렇게 인연이 있거나 친분이 있는 사람이 없었다.

언론을 통해 입주업체들에 대해 알아보니, 남동발전의 장도수 사장님이 2010년 금탑산업훈장을 수여하였다고 언론에 게재되었다.

모르기는 이래저래 마찬가지였지만 그나마 고향이 함양이라니 그냥 맨땅에 헤딩하는 식으로 또 간곡한 편지를 썼다. 경남을 대표하는 국립대학으로서 경상대학교는 경남 혁신 도시 진주의 중심 연구 기관이고 또 남동발전의 현재와 미래의 인재 육성과 기술 개발을 담당할 공과대학 등을 갖춰 혁신 도시 입주 기관과의 연계와 공동 사업 추진 등 성공을 위해 준비하고 싶다고 솔직하고 간곡하게 말씀드렸다.

같이 무언가 우리 대학과 해보시는 것이 어떠냐, 열정적으로 편지를 써서 보냈는데, 한두 달 지나도 이렇다저렇다 답이 없었다. 그래서 뭐 같이 사업할 생각이 없나보다고 생각하고 포기하고 있었다. 그런데 몇 달이 지났을 때 갑자기 남동 발전에서 본부장, 처장급 되는 실무 책임자들이 다섯 명이나 우리 학교를 방문한다고 했다. 그래서 단순히 인사차 방문하는 것이려니 생각했는데, 그 분들이 총장님과 만나는 자리에 반드시 내가 함께 있어야 한다고 말하는 것이었다.

알고 보니 장도수 사장님이 실무진에게 나를 반드시 만나 보라고 말했다는 것이었다. 그렇게 남동발전과 우리 대학이 협약을 맺고 함께 일을 같이했다. 이렇게 잘 알지도 못하는 상황에서 진심 어린 편지를 써서 보냈더니 이런 형태로 응답이 오는 것을 보니, 나는 또 한 번 진심이 담긴 편지가 얼마나 힘이 있는지 알게 되었다.

이런 솔직하고 간곡한 편지로 상대의 마음을 움직인 예가 또 하나 있다. 재정 지원 사업이라는 것을 했는데, 대학 국책사업 이후에 가장 큰 규모의 산학 협력 사업단을 꾸리는 일이었다. 2개의 팀이 도전하기로 했는데 하나는 해양플랜트 인력 양성 사업단이었고 또 하나는 IT 사업단 일이었다. 앞의 해양플랜트 인력 양성사업단 보다는 IT 사업단이 좀 더 큰 규모의 사업이었고 또 관심과 지원도 많이 따랐다. 그러나 나중에 협약 실패로 끝났다. 원인을 따지자면 욕심과 자만이 좀 앞서지 않았는지 생각했다. 학교에서 엄청나게 관심을 가져 주고 지원도 해주었음에도 불구하고 내부의 불협화음으로 우리의 힘을 결집하지 못하여 결국은 선정되지 못하였다.

처음 해양플랜트 인력 양성 팀은 서로 힘을 합쳐서 잘 해보자는 분위기에 의욕이 높았다. 진행 또한 잘 되었다. 그런데 이 사업에 참여한 업체 중 마산에 있는 조선업체 STX가 우리 경상대에 대해 비우호적이었다.

마산만의 해양 환경오염 문제로 우리 학교 교수님들이 환경단체들에 연구와 정책 반영에 도움을 주었기에 그 상대인 조선업체로서는 경상대에 대한 인상이 좋지 않았다.

학교나 업체의 아는 분과 여러 루트를 통하여 접촉하였으나 모두 실패하였다. 그래서 이번에도 또 편지를 썼다. STX 조선의 강덕수 회장에게 대학교 교수들의 개인적 환경 보호 활동과 해양 환경오염 문제를 다루는 것이 사회 전체의 문제이지 기업이 표적이 아니며, 몇몇 교수님들의 의견과 대학의 산업체에 대한 공식적 의견은 다를 수밖에 없다. 특히 이번 해

양플랜트 인재 양성 사업은 그것과 다른 분야의 일로서 오히려 서로 도움
이 될 것이니 이번 사업에 경상대학교가 꼭 참여하게 해달라고 부탁했다.

이번에도 편지의 효과가 즉시 나타났다. 딱 하루 만에 우리 대학이 참여
할 수 있게 되었기 때문이었다. 무엇보다 간곡하고 솔직한 마음을 담은 편
지는 사람의 마음에 직접적으로 가닿기에 그 효과가 컸다.

3부

총장, 보듬고 묶고 통합하여 글로컬 학교로 이끌다

우뚝 솟은 산악처럼   넓고 깊은 연못처럼

岳 立 淵 中

경상대 창원 진출, 그리고 정부와 교수회의 사이에서 고전한 9대 총장

총장 연임 실패에 따른 좌절과 또 다른 깨달음

11대 총장이 되어 대학 통합과 글로컬 대학 30으로 이끌다

국회에서 우리나라 고등교육에 대한 미래 전략을 논하다

경상국립대학교를 사랑해 주시기 바랍니다

Covernat

경상대 창원 진출, 그리고 정부와 교수회의 사이에서 고전한 9대 총장

　공대학장 임기를 마치고 난 뒤, 맡고 있던 고분자 학회 총무이사 일에 전념하려던 차 주위에서 이번에는 총장에 한 번 도전해 보는 것이 어떠냐고 권유를 해왔다. 그때 마침 총장 직선제를 하던 중이었으니, 다음에라도 나가려면 인지도를 높여놓는 것이 좋겠다는 취지였다. 그래서 나는 얼떨결에 후보로 나가게 되었다. 당시 나에게 총장직을 권유했던 사람들은 언젠가는 내가 총장까지 맡을 수 있을 것으로 생각한 사람들이었다. 처음에는 나 자신도 총장직까지는 아직 꿈꾸지 않던 시절이라 그 일에 대한 능력이나 준비도 되어있지 않았지만, 주위의 기대에 부합하느라 생각이나 행동을 그에 맞춰서 하려고 노력하였다.

　처음에는 선거 준비부터 엄청 힘들었다. 경쟁 상대로 나온 분들은 한 10년, 혹은 8년 정도 준비를 해온 분들이었다. 학교 안이라 자신들이 소속된 단과대, 학과, 학회 등으로 서로 연결되어 있었고, 그래서 공과대 학장 선거는 대부분 이미 알고 있는 관계여서 상대적으로 쉬웠다. 단과 대학 교수 님들을 열심히 만나기만 해도 큰 도움이 되었다. 그러나 공과 대학을 벗어나서 다른 대학 교수님들과의 만남은 나로서는 새로운 영역이었다. 또 건너 건너 다 아는 사람들이니 그야말로 신출내기인 내가 표를 확보하기란 힘들었다. 그런데 또 알고 보면 그것이 내 강점이기는 했는데, 나는 그동안 해온 일들로 보인 능력 하나뿐, 그 누구와도 사이가 나쁘지 않았고, 두루두루 이쪽저쪽과 다 친한 편이었다. 그럼에도 이미 나름대로 지지하는 사람이 있었고, 또 나 자신도 이번은 아닌, 가까운 미래에 총장에 선출될 것으로 생각했다.

그렇지만, 정말 열심히 학교 안을 누비고 다니며 많은 교수님들을 열심히 만났던 것으로 기억한다. 때로는 문전박대를 당하기도 하였지만, 사람들과 만나서 대학의 문제점이나 미래에 대해 묻고 또 그런 과정에서 학교의 문제를 해결할 수 있는 구체적 실마리가 마련되기도 했다. 총장이 아니었어도, 대학 현장 교수님들의 목소리를 들을 수 있어서, 어떻게 하면 조금 더 나은 쪽으로 해결할 수 있을까 고민도 했다.

그런데 그 해 6월달에 어머니께서 돌아가셨다.

어떤 사람은 위로차 "되려고 하니, 가만히 앉아서 선거 운동을 하네"라고 말했다. 나로서는 어머니라는 말만 들어도 평생을 고생하신 것이 생각나서 눈물만 나는 일이지만, 그 말을 듣고 보니 또 어머니가 정말 아들 돕느라 많은 사람을 만날 수 있도록 자리를 마련해주고 가신 것만 같았다. 어머니는 일생을 자식과 손자, 손녀를 위해 헌신하셨다. 지금은 효도를 하고자 해도 이미 계시지 않는 것이 너무도 아쉽다.

선거일이 다가오자, 내 주위 사람들은 이번에는 내가 과연 3등을 할 수 있을까, 또 어느 정도의 가능성을 보여 줄 수 있을까에 관심을 가지다 못해 내기까지 붙었다고 했다. 당시 후보자는 5명이었다.

9월로 접어들자 여러 발표회나 토론 등 본격적인 선거 운동에 들어갔다. 학교 전체의 사정에 대해 어느 정도 파악이 되었기에 상황에 맞는 해결책을 공약으로 내걸었다. 그러자 어느새 자신감이 붙었다. 내가 비록 해결은 완전히 하지 못하더라도 무엇이 문제인지, 사람들이 무엇을 바라는지는 알 수 있었다. 게다가 그동안 거쳐온 직무 경험으로 학교 내부의 세부적인 일들을 많이 알고 있으면서도 학교 밖 사정도 잘 알기에 시야도 꽤 넓은 편이라고 자부할 수 있었다.

그때는 과반수를 얻어야 당선이었다. 1차 투표에서 다섯 명 중 3명 안에 들어갔다. 그래도 1등과 표 차이가 매우 컸다. 2차 투표에서는 1차 투표에서 탈락한 사람들의 표들이 모두 나에게로 쏠렸다. 표 차이가 크게 줄어들었다. 마지막 3차 투표에서는 2차 투표 탈락자 대부분의 표가 다시 나에게로 와서 어느새 표 차이가 역전이 되어있었다. 그렇게 해서 경험 삼아 나간 내가 8년, 10년을 준비해 온 사람들을 이기고 당선되고 말았다.

그렇게 나는 2011년 12월 제9대 경상대 총장에 취임하였다.

당선되고 얼마 지나지 않아 '2012년 국립대학 중 선진화 방안'을 내세워 총장 직선제가 대학 개혁의 문제점으로 떠올랐다. 당시 교육부가 총장

경상대학교 제 11대 총장 권순기 박사 취임식

직선제를 대학의 병폐로 생각하고, 이를 간선제로 하기를 원했다. 표면적으로 직접 요구하지는 않았지만, 정부의 예산 지원이나 "구조조정 중점 추진 대학"이라는 문제 대학으로 선정되는 등 직선제를 유지하면 불리한 점이 생겨나 대부분의 국립대는 간선제로 돌아섰다. 그러나 각 대학의 교수회의에서는 정부가 대학의 자율성을 통제한다며 반발이 심했다. 2015년에는 직선제를 사수하자는 의견을 내던 부산의 대학교수가 자살하는 사태까지 벌어졌다.

9대 총장으로 일하던 임기 내내 교육부와 대학 교수회의 사이를 조율하느라 몹시 힘들었던 기억이 있다.

건립과 신축 – 경상대 병원, 산학 융합 캠퍼스, 컨벤션센터

당시 우리 대학 최대의 관심사는 창원 진출이었다.

진주 중심으로 서부 경남에만 머물러 있기보다는 동부 쪽까지, 경남 전역으로 경상대의 영향력을 확대해 나가기 위한 첫걸음이라 생각되었기 때문이다.

경상대 병원을 창원에 건립하는 계획은 전임인 8대 하우송 총장님 때 확정된 것으로, 이미 착공에 들어간 상태였다. 또 다른 추진사업으로는 경상대학교 산학 융합 캠퍼스의 창원 설립을 추진하였다. 경상대학교 산학 융합 캠퍼스는 여태와는 다른 새로운 개념의 대학 캠퍼스를 건립하는 사업이었다. 지역사회에 맞는 인재를 배출해야 하고 그러자면 새로운 형태의 대학 캠퍼스를 설립해야 하였다.

정부와 국회를 설득하여 국회 예산 결산위원회를 통과했는데, 결국 승인되어 착공할 수 있었다. 결국 대학병원과 함께 산학 융합 캠퍼스를 창원에 설립함으로써 동부 경남 지역에 경상대가 본격적으로 진출하게 되었다.

이때의 경험 덕분에 간호대학을 이전할 때는 1년밖에 걸리지 않았다.

또한 우리 대학의 20년 숙원 사업이었던 컨벤션센터 예산 확보와 고문헌 도서관을 신축했다. 고문헌 도서관은 전대 총장 시기에 신축 결정 난 것을 서장고와 전시 공간을 충분히 확보하였다. 또한 대학의 20년 숙원 사업이었던 컨벤션센터는 이때 예산 확보를 할 수 있었다.

그런데 공교롭게도 내가 총장으로 지낼 때 전 사회적으로 대학 자율성과 재정에 대해 상당히 시끄러웠는데, 교육부와 대학교수들과의 대립과 갈등이 매우 심했다.

모든 이슈가 빨려 들어간 총장 직선제와 기성회계 문제

우리 대학은 총장직선제와 간선제라는 대학 선거 제도 문제에서 전체 국립대학의 분수령 같은 곳이었다. 국가 거점 대학 중 불이익을 주었을 때 가장 파급 효과가 크고, 지역과 동분 반발 등 휴유증은 가장 작은 대학이다. 우리 대학도 내가 취임함과 동시에 직선제와 간선제를 놓고 선호투표에 들어갔고 그것이 분수령이 되었다. 교명과 교수 정원 증원 문제에서 경남국립대와 교수 정원의 대폭 배정 문제를 놓고도 진통을 겪었다.

경상대는 국립대라 총장 선출에 직선제와 간선제를 놓고 교육부와 교수 간에 이견이 많았다. 2015년 기준으로 총장 임명을 놓고 파행을 거듭해 거점 국립대 9개 중 5곳이 총장이 선출되지 않고 공석으로 남아 있었다. 그리고 더 최악은 부산대 교수가 이 일로 투신자살하는 사건까지 있었다. 지금 생각해 보면, 당시 교육부가 왜 그렇게 국립대 총장 직선제 폐지에 매달렸는지 모를 일이다. 지금은 다시 대부분의 국립대가 직선제로 돌아간 상태다.

기성회계(등록금) 문제는 국립대 학생·졸업생들이 "기성회비 징수의 법적 근거가 없다"라며 반환 소송을 하면서 제기됐다. 기성회계는 1963년 제정된 문교부(교육부) 훈령에 따라 정부의 열악한 재정 지원을 보충하기 위해 도입됐다.

대학의 관점에서는 기성회의 직원 고용 문제나 연구비 등에 차질이 생기는 문제였다. 국고로 지원되는 연구비가 턱없이 부족해 기성회계로 연구 실적에 따라 성과급을 책정하는 등 대학 자체의 운용비로 써왔던 부분이다.

'기성회비'를 명목상 폐지하고 기존에 부과하던 기성회비를 사실상 수업료와 통합해 학생들에게 부담시켰기 때문에 학생들 처지에서는 등록금 인하 효과는 거의 없었다. 또한 회계를 통폐합하여 국가의 재정 투입으로 처리하는 방향으로 정리되었다.

임기 내내 우리 대학 또한 법적인 쟁점을 가지고 교육부와 계속 조정했고, 또 대학 회계로 전환하는 일에 매달렸다.

당시는 전국 대부분 대학에서 학생 수가 감소하기 시작하면서 대학 경영 전반에 대한 문제점이 드러나고, 취업과 학생 정원 수 감축, 회계 문제 등이 사회적 이슈로 떠오를 때였다.

대학 평가 지표들의 진정한 의미

사실 내가 9대 총장으로 임명된 이후 가장 신경 썼던 것은, 우리 대학의 여러 평가 지표를 끌어올리는 것이었다. 우리 대학의 현실을 가장 객관적으로 판단할 방법이 이 평가지표였고, 또 동시에 우리 대학의 우수성을 널리 알리는 것도 이 지표들이기 때문이다.

학생들의 취업률이나 다양한 연구 실적 등은 우리 대학의 위상을 나타내는 것이기에 이 부분에 특히 관심을 가지고 개선하기 위해 노력했다. 그래서인지 우리 대학의 지표들은 많이 개선되었다.

그럼에도 이 지표들 뒤에 숨어있는 보다 더 질적인 능력과 지속적인 발전에 회의가 들었다. 냉정한 자체 판단을 통해, 미흡한 부분을 개선하기 위한 참고 지표로서 작용하기보다는 단순히 순위만 높이기 위한 것은 결국 자기기만에 빠지기 쉬운 일이었다. 또한 이 지표의 순위나 성적을 올리기는 상당히 힘든데, 떨어질 때는 순식간에 순위가 하락했다. 10대 총장 때는 특히 순위가 순식간에 곤두박질쳤는데, 11대인 내가 취임하고 난 뒤에는 결과가 바로 나타나지 않더라도 적어도 그다음 대에는 지표에 반영되는 등 지속적인 제도적 뒷받침이 필요했다. 11대 때는 이런 부분을 개선하도록 노력했으며, 그 효과들이 12대 때 나타나고 있다. 경상국립대형 서울대 10개 만들기, 비자 인증 대학 선정, 국제 교류 선도대학, 국제 협력 센터 선정, 세종대학 선정, 대학원 혁신 선도대학 거점대학 3위 등이 그것이다. 이처럼 경상국립대학교의 약점 등이 상당 부분 극복되었다.

건강 검진표 속 건강수치가 건강할 때는 몰라도 한번 병에 걸리면 모든 것이 나빠지는 것처럼 대학의 기초 체질 개선 없이 지표에 나타나는 수치는 사상누각에 불과하다는 생각이 들었다. 그래서 지표에 집착하기보다는 장기적 관점에서 대학의 기초 체질, 또 장기 수주 사업이나 이를 위한 기반 구축 등을 통한 지속 가능성에 관심을 가졌다.

총장 연임 실패에 따른
좌절과 또 다른 깨달음

그때나 지금이나 일 욕심은 많았다.

유난히 외풍이 심해 어수선했던 9대 총장의 업무를 2015년 12월까지 마치고, 10대 총장 연임을 노리고 다시 후보자로 나섰다. 9대 총장으로 지내면서 교수들의 평가가 좋았기 때문이다. 실제로 10대 총장 후보자들에 대한 교수들의 간선에선 압도적으로 1위로 당선되었다. 이 간선 절차는 교수들이 직접 뽑는 것과 같은 것이었다. 그래서 무난히 임명될 것이라 생각했는데, 1년간 아무런 검증과 절차도 없이 다른 분이 선발되었다.

총장 임명에서 탈락하고, 그 뒷순위자가 임명된 것도 그 순위자의 임명을 정당화하기 위해서 오히려 내게 심각한 문제가 있어서 탈락했다는 근거 없는 루머가 떠돌았다. 루머의 내용 속 청와대나 교육부의 인사 검증, 경찰, 국정원 등 그 어느 곳으로부터도 소명서나 설명을 요구받은 적이 없었다. 그럼에도 의심의 눈길이 쏟아졌다. 이는 알게 모르게 심적인 타격이 되었는데, 그동안 열심히 일하며 쌓은 성과와 자부심이 무참히 무너져 내리는 것 같았다. 그런 억측과 비난들은 사람에 대한 나의 낙관적인 믿음을 깨트렸고 그런 상황을 받아들이는 데에도 나 자신과의 싸움이 시작되었다.

나는 경상대학이 진주 지역에만 머무는 학교가 아니라 경남, 더 나아가 세계적인 학교가 되길 원했다. 총장 선거 시 첫 토론회에서 말한 총장 출마의 변은 지역에 있지만 세계적인 수준의 명문 학교로 만들겠다는 것이었다. 그 꿈을 끊임없이 학교에 투사하였으나 그것이 맞는 것인지, 혹시 그것이 나만의 허황한 욕심인지도 돌아보게 되었다. 그동안 일에 대해서는 고민을 해왔지만, 인간 자체에 대한 근본적인 회의가 들기는 처음이었다.

학교의 행정적인 일이나, 제자들과 함께 연구하면서, 성취해 가는 과정이 가장 큰 기쁨이었는데, 그 일을 계기로 우선은 나 자신을 학교 일과 분리하였다. 마치 유배 가듯 자기 자신을 유폐시켰다.

사마천은 비참한 궁형으로 유배 간 상황에서 어떻게 견뎌냈을까? 조선 최고 천재였던 정약용은 어떻게 18년의 유배 생활을 견뎠을까? 몰두할 수 있는 일, 즉 "사기"를 저술하는 것, "목민심서" 등 후세에 가르침이 된 책들을 저술하는 것이었다.

총장 연임에 실패하고 몇 년간 남명 조식南冥 曹植, 1501~1572이 고향 합천에 세운 자신의 거처를 '엎드린 닭'처럼 뜻을 품고 지내는 곳이라고 명명했듯(계부당鷄伏堂), 나 또한 그렇게 지내기로 했다.

이 3가지 주제에 집중했다.

1) 내가 잘하는 연구에 몰두하자.
2) 일본과의 소재부품 전쟁에서 이길 수 있는 전략은 무엇인가?
   (일본이 소재 부품에 강한 이유 분석)
3) 4차 산업혁명에서 학생들에게 무엇을 어떻게 가르칠 것인가?

그리고 남명 조식을 만났다. 물론 남명 선생은 오래전부터 우리 대학의 여러 남명 연구소를 통해서 알고는 있었지만, 그때에야 비로소 오래 기다렸던 것처럼 남명을 제대로 만날 수 있었다.

만약 이 시기가 없었다면, 곧바로 내 뜻대로 연임되어서 계속 총장으로 일했더라면, 지금의 나와는 또 얼마나 다른 모습일까, 생각해 보곤 한다.

어쩔 수 없었지만, 다시 생각해 보면, 그런 좌절의 시간이 어쩌면 여태까지 쉼 없이 달려오느라 곁이 보이지 않던 일들, 새로운 관점, 전혀 다른 일을 두루 살필 수 있었던 기회가 아니었을까 생각한다.

대학 너머에서 새롭게 펼쳐지는 시대적 변화, 기술 전쟁 등 보다 더 멀리 내다보면서도, 또 나 자신과 대면하는, 깊고도 넓은 시간이었다. 나 자신의 생각과 역량을 키우는 시간이었다. 지금 생각하면 '이 또한 지나가리라'가 생각난다.

몰입의 장소 연구실에서

인간에게는 얼마만큼 에너지가 들어있을까? 이 에너지를 어떻게 끌어 낼 수 있을까?

인간의 잠재적 능력치는 높은데 이를 잘 끌어낼 방법을 모른다고 한다. 사람을 기르는 교육자라면 어떻게 하면 학생의 잠재적 능력을 최대한 끌 어올릴지 늘 고민한다.

하나의 예를 들자면, 인간은 평상시와 다르게 몰입하는 순간 불가능해 보였던 많은 일들을 해낸다.

몰입에는 그런 힘이 있다. 우리가 평소 쓰지 않던 능력과 에너지, 존재 자체에서 끌어올려진 듯한 숨어있던 힘이 생겨난다.

사람을 몰입하게 하는 원동력을 찾는 것, 나는 그것이 교육의 핵심이라 고 생각한다.

모든 사람마다 제각각이겠지만 우리를 움직이게 하는 힘, 바로 동기부 여이다. 그래서인지 인간은 본능적으로 의미 부여를 잘한다. '의미로 사는 인간', '뜻으로 사는 인간', 이란 말이 괜히 나온 것이 아니다. 이 뜻이나 의 미는 곧 내적인 동기부여의 다른 말이다.

나를 움직이는 힘 중 연구에 대한 열정과 몰입이 있다는 것을 나는 잘 안다. 그 집중의 시간은 내게 고되고도 매력적이다. 그래서 다시 연구에 집중하기로 했다.

마침, 에너지연구소에서 수주한 대형 연구가 있었다. 40개월에 38억이었으며, 광주과기원의 이광희 교수와 벤처기업이 참여한 연구이다. 세계적인 학술지 줄Joule(IF=46.048)에 첨단 소재, 첨단 에너지 소재 등에 논문이 실리고 또 국제 특허도 신청하였다. 기존의 태양광은 형태가 고착적이라 사용이 제한적이고 설비에 따른 비용이 많이 들지만, 우리가 연구한 것은 다양한 분야에 사용이 가능할 정도로 효율성이 높은 재료이다. 가령 입는 태양광도 가능할 정도로 유연성이 좋았고 안정성이 뛰어나 효율도 높았다.

기존의 재료는 쉽게 성능이 떨어지는데, 우리가 연구한 재료는 수명이 아주 긴 재료이고, 다양한 환경에서 매우 안정적인 재료이다. 현재로서는 조금 비싼 게 문제이지만 가격을 떨어뜨려 싸게 만든다면 세계 최고 수준의 태양광 전지가 될 것이다. 지금도 재료 활용에 관한 연구를 위해 세계 곳곳에 재료를 보내고 있다.

일본과의 소재부품 전쟁

2019년에는 일본과 소재부품 전쟁을 겪었다. 마침, 소재부품 전략위원회 위원장을 맡고 있어서 나 또한 그 배경 연구와 대처 방법에 대해 연구하기 시작했다.

세계적인 소재부품 강국인 일본은 메이지 유신 이후, 중일전쟁, 러일전쟁, 제2차 세계대전 등 150여 년에 걸친 오랜 기간 동안 소재 연구를 해왔다. 장기간 이 분야의 연구를 축적하여 왔다.

메이지 유신은 무사 집단 중심의 정치혁명인데 이들은 일찍이 칼과 같은 무기를 통해 근대 문물의 우수함에 눈을 떴다. 일본이 동아시아 지역에서 가장 먼저 무역항을 개방하여 서양 문물을 받아들인 것은 미국 흑선과의 무기 경쟁에서 그 압도적인 힘을 경험한 이래 조만간 일본이 망할 수도 있겠다는 위기의식에서 출발했다. 서양의 제도와 문물뿐 아니라 특히 산업의 재료에도 많은 관심을 가지게 된다. 또한 2차 세계대전 당시에도 무기 발전을 바탕으로 소재 부품 최강국으로 올라섰다.

2019년 당시 일본이 한국을 적대적인 국가로 지정하고는, 화이트리스트라는 자신들의 수출 규제품목을 설정해 놓고 한국에 특정 소재부품 판매를 제한했다. 반도체와 디스플레이에 관련된 불산, 포토레지스트(감광제), 폴리이미드 등이 그것이다. 불산HF의 경우 순도가 매우 높은 것으로 식스나인이라 일컬어지는 순도가 99.9999%로 당시에는 일본이 세계시장을 석권하고 있었다. 이것은 반도체에서 10나노 이하의 회로를 만들 때 사용하는 재료로 극미세 패턴을 만드는 데 필요했다. 일반 포토레지스터(감광제) 역시 반도체 초미세 패턴 만드는 데 쓰이는 것이다. 일반 포토레지스터는 우리나라도 생산하고 있었지만, 초미세 회로를 만들 때 사용하는 감광제는 일본이 대부분 생산하고 있었다. 또한 폴리아미드는 휘어지거나 접을 수 있는 전자기로, 대표적으로 삼성의 폴더 스마트폰을 만들 수 있는 핵심 재료였다.

내가 주로 연구하던 디스플레이에 쓰이는 폴리이미드는 엉터리 정보에 바탕을 두고 처음부터 잘못 지정한 것이었다. 삼성이 이미 소유하고 있는 회사의 유리섬유 복합재료를 폴리이미드로 오인한 경우였다.

한국의 최대 수출품이자 약한 고리인 반도체와 디스플레이 분야의 몇몇 소재부품이 없으면 한국이 완제품을 만들어 팔 수 없을 것이라는 계산에서 한 조치였지만 나는 일본이 무리수를 두었다고 생각했다.

일본이 타격을 주려고 한 것은 한국이기도 했지만, 삼성이기도 했다. 삼성은 일본으로부터 기술을 도입하거나, 당시 삼성에서는 반도체에 엄청나게 많은 자금을 투자할 계획이었는데 일본에서는 여기에서 두려움과 공포를 느꼈을 거라 짐작했다. 어떻게든 한국에 타격을 주어 한국의 기술발전을 주저앉히는 것이 목표였을 것으로 추측되었다. 그럼에도 나는 기술의 특성상 그 발전 흐름은 아무도 막을 수 없고, 꼭 일본이 아니더라도 대체할 수 있으리라는 생각에 일본의 전략은 실패할 수밖에 없다고 보았다. 최소한 일본의 판정패가 예상되었다.

더더구나 시장의 원리로 보아도 일본은 자신들의 제품을 팔아야 하는 처지인데, 시장에서는 물건을 사는 사람이 보통 갑의 위치에 있다. 그것도 완전히 독보적인 기술도 아니라 다른 경쟁국에서 몇 년만 하면 얼마든지 대체될 수 있는 기술인 경우는 더 그렇다. 사실 초미세 반도체를 만드는 삼성 같은 극소수의 수요자 때문에 일본만 만들고 있었지, 시장의 갑인 삼성이 원한다면 그보다 더 좋은 것을 우리나라나 다른 나라에서 얼마든지 만들어낼 수 있었다. 다만 시간이 문제일 뿐이었다.

일본이 그런 식으로 한쪽을 막으면 기술의 물길은 다른 곳으로 갈 뿐 사라지지는 않는다. 당시 일본이 조금 앞선 것은 HF의 순도 문제인데, 이미 세상에 나와 널리 쓰이고 있는 물질이고 필요한 연구를 하면 더 순도가 높은 것이 나올 가능성도 있었다. 그래서 그 일이 한국에 단기 타격은 될 수 있어도 결국은 일본이 질 수밖에 없는 싸움을 걸어왔다고 보았다.

몇 년 뒤 실제로 그렇게 예상대로 되었다.

가장 좋은 기술은 돈 벌어오는 기술

이 말은 이미 세상에 있는 기술을 조합하여 세상에 없는 제품을 만드는 기술을 말한다. 특히 4차 산업 혁명 시대에 협업이 중요하다.

2012년 이후부터 나는 산업통상자원부 소재부품 전략위원회와 소재부품 장비 개발 심의회 위원장을 2024년까지 약 13년간 오랫동안 맡고 있었다.

산자부에는 초창기에 소재부품 전략위원회라고 산업 소재와 부품에 대한 기준을 설정하고 심사, 평가하는 위원회가 있었는데, 후에 소재부품 장비 개발 심의회라고 이름을 바꿨다. 나는 초창기 소재부품 전략위원회일 때부터 소재부품 장비 개발 심의회로 바뀌고 난 뒤 2024년까지 총 13년 동안 위원회를 관장해 왔다.

산자부에서 추진하는 큰 사업들이 이 위원회를 거치기에 그동안의 기술 관련 사업들 성격과 변화 과정을 지켜보았다. 이곳에선 지금까지 세계에 없는 제품을 만들든지, 비록 나와 있는 것이지만 가성비가 엄청나게 좋은 효율적인 제품을 만들든지 하는 게 주된 관심사이다.

그런데 이곳에는 내가 자주하는 오래된 우스갯소리가 있는데, "가장 좋은 기술은 난이도가 높은 기술도 아니고 낮은 기술도 아닌, 돈 버는 기술이다"라는 말이 있다.

기술의 세계에서 가장 앞서 나가는 최신, 최고의 기술도 중요하지만, 한 발 늦게 조금 새롭게 해석해 가면서 기존의 것들을 활용하는 방법도 있다. 사실 스마트폰의 기술이 당시 가장 앞선 기술이라기보다는 기존의 이미 나와 있는 기술을 잘 조합하여 세상에 없는 새로운 제품을 만든 것이다. 일론 머스크의 전기자동차, 우버 택시, 배달의민족 등 모두 이미 세상에 있는 기술을 조합하여 세상에 없는 새로운 상품으로 만든 것이다.

앞서는 기술과 뒤늦게 오는 세상의 수요와 관심은 시간 차이가 있기 마련이라 혁신은 대부분의 기술 생태계가 무르익어야 오는 경우가 많다. 이 말은 거꾸로 앞서간 기술의 강점을 여기서 저기서 가져와 해석하고 적용하여 다른 쓰임을 갖는 것, 그것이 혁신이다. 다른 시각과 방향의 낯선 듯 낯설지 않은 기술이나 제품을 만드는 것, 이것이 사고의 유연성과 창의력과 관계가 깊다. 기존의 것을 보다 안전하고, 싸고, 편하게 만들어 돈을 버는 기술이 최고라는 말이다.

기술 부서에 있다 보니 최첨단의 앞서가는 기술, 이 세상에 없는 재료를 만들고 찾는 것을 목표로 일하고 있지만, 이미 나와 있는 기술을 활용하여, 세상에 없는 제품이나 상품을 만드는 것도 아주 중요하다.

우리나라도 여기저기 있는 기술로 서로 융합하여 물건을 만들어내는 기술은 좋은 편이다. 구슬이 서 말이라도 꿰어야 보배이듯, 여기저기 흩어져 있는 좋은 기술들은 이미 준비되어 있지만 이것들을 서로 연결하고 재구성해야 가치 있는 기술이 되는 것이다.

그러나 우리나라는 기술개발과 활용의 관점에서 바라볼 때 몇 가지 문제점이 있다.

먼저 각 분야의 좋은 기술을 가지고 있는 사람들은 서로 자신들이 주도권을 갖겠다고 기술을 내놓지 않는다.

두 번째 규제가 너무 많다.

기술 간의 칸막이가 너무 세어서 그 장벽을 넘지 못해 아쉬울 때가 많다. 그런데도 그것을 다 모아서 재분배가 가능한 구조를 좀 만들어 보자고 먼저 나서는 사람이 없다.

내가 볼 때 우리나라에서도 기존의 있는 기술을 모아 잘 활용하면 딥시크든 아이폰이든 새로운 것을 내놓을 수 있다. 그런 가능성을 곳곳에서 발견하지만 아쉽게도 관련 기술자나 과학자들이 한자리에서 문제를 해결하려 하지 않는다. 모든 것에는 알맞은 시간이 있다. 너무 때를 놓치지 않았으면 좋겠다고 생각한다.

얼마 전 중국의 AI 딥시크가 최고의 반도체도 없이 값싸게 만들어졌다고 관심이 쏠렸었다. 고가의 값비싼 칩이 없는 환경에 맞추어 주위에 있는 것들을 가져와서 그걸 잘 조합해 만들어 낸 것인데 성능 또한 나쁘지 않다는데 사람들은 놀랐다. 딥시크뿐만 아니고 아이폰도 알고 보면 그렇게 세계에 있는 여러 기술들을 실용성 있게 잘 디자인해서 만든 것이다. 스티브 잡스의 심미안적인 디자인 능력이 기술에 적용되었을 때, 탁상용 컴퓨터가 손안으로 들어오게 되었다. 애플 컴퓨터가 생겨나고 최초의 스마트폰이 태어난 것이다.

우리도 마찬가지다. 하려고만 들면 할 수 있다. 서로가 이익이 되는 방향으로 사람이나 기술을 재배치하고 재조합을 잘하는 것이 중요하다.

그런데 또 한편으로 나는 대학에서 연구하는 사람이다. 연구하는 사람은 새로운 신기술 연구에 초점을 맞춰야지 이미 기존에 있는 것을 모아 상업화하는 데에 초점을 맞춘다는 측면에서 일반 회사의 연구실과 다르다.

대학 연구는 단순히 돈벌이로만 접근하기보다는 훨씬 더 앞서나가는 연구를 담당해야 한다. 회사의 연구는 이익을 내는 데에 관심이 있지만 대학 연구는 돈보다는 새로운 것을 추구하는 연구, 앞서서 길을 여는 연구를 하는 것에 가깝기 때문이다. 일종의 기술 첨병으로서 새로운 세계를 열고 개척해 나가는 일이다. 실용성에다 너무 무게를 두게 되면 대학 논문으로는 좋은 연구 논문이라고는 할 수 없는 경우가 많다. 그동안 국가에서 정책적으로 밀고 또 그에 맞추어 좋은 기술적 결과물을 만들어내고, 연구비도 보장받을 수 있는 미래 과학기술을 연구하는 것이 그동안 내 주된 관심사였다.

내가 개인적으로 가장 먼저 만들어 보고 싶은 것은 엄청나게 고품질이면서 아주 값싼 위스키를 만들어서 파는 것이다.

농담 같겠지만 어서 상품화해서 사업 좀 같이 해보자고 만날 때마다 재촉해대는 사람들이 주위에 많이 있다.

화학자들은 고대에 돌을 금으로 만드는 연금술사가 되고 싶었던 사람들의 후예답게 엉뚱하고도 단순한 꿈을 꾸는 것이 아닐까? 아주 조금만 물성을 바꿔서 자신이 만든 것으로 사람들을 기쁘게 하는 것 말이다. 물에서 분리된 수소는 때로는 자동차를 굴리는 에너지가 되기도 하고 또 모든 것을 부수는 폭발물이 되기도 한다. 앞으로 기술 발전의 방향을 보자면, 4차 산업 혁명기인 AI시대에서는 더더욱 협업 능력이 필요한 시점이다.

4차 혁명 시대를 대비한 교육-남명에게서 영감을 받다

2016년, 스위스 다보스포럼에서 세계경제포럼 클라우스 쉬밥 회장이 4차 산업혁명을 처음으로 주장하였다.

이후 인공지능AI의 발전 속도가 눈에 띄게 빨라지고 있었기에 대비의 필요성을 느꼈다. 자연히 본격적으로 접어든 4차 산업혁명의 시대를 맞아 그 변화에 맞추어, 어떻게 교육할 것인지에 대해 고민을 많이 하게 되었다.

기회 있을 때마다, 학생 교육이나, 교사진의 연수 교육, 학부모 사회교육에 열심히 다니며 설명했다. 지금도 노인회나 성당, 교회 등 특강을 다양한 사람들과 이것에 관해 이야기하고 있다.

이런 특강의 주요 아이디어는 이 시기에 많이 생각했던 것들이다.

얼마 전 이스라엘 출신의 유발 하라리가 한국에 와서 강연도 하고, 여러 정치인을 만나고 돌아갔다. 유발 하라리는 거대한 변화의 시기를 맞아 앞으로 다가올 시대를 예측하는데 정확한 답은 내세울 수 없다고 하면서도, 보다 적극적이고 유연한 자세로 변화에 적응해야 한다고 말했다.

나 또한 이 당시 4년여의 재료 연구와 일본과의 소재부품 전쟁 등 안팎으로 복잡한 상황이었음에도 두루두루 여러 인문, 사회학회를 찾아다녔다. 왜냐하면 당시 인공지능 발달에 의한 사회 전반의 광범위한 변화가 예상되었기 때문이다. 특히 장래 인공지능에 대체될 직업의 변화도 걱정이었다.

우리 진주 경상대에는 남명학 연구의 중심지답게 여러 남명학 관련 단체와 학회가 있다.

"안으로 배우고 밖으로는 의를 실천한다內明者敬 外斷者義."라는 말에는 조식의 삶에 대한 핵심적 성찰이 담겨 있다. 특히 이 말이 내게 깊이 와닿았는데, 거기에서는 공부하는 자세와 또 실천하는 자세가 담겨 있었기 때문이다.

특히 1555년 명종明宗 때 단성 현감을 사양하며 올린 사직 상소인『을묘사직소』와 이후 1568년 선조에게 올린『무진봉사』에서는 왜구들의 침탈과 서리들의 횡포를 고발하고 있었다. 학자라고 뒤로 물러나 있지 않았

고, 현실을 정확하게 판단하고 있었으며 또한 왕도 서슴없이 비판하고 있
었다. 창의력의 근원인 다르게 생각하는 능력, 비판적 사고가 극명하게 나
타난 최고의 문장이다.

이런 선생의 실천적 학통이 집안이나 제자들, 그리고 마을을 넘어 임진
왜란 당시 정인홍, 곽재우, 김면 등의 의병 봉기로 위기에 빠진 나라를 구
하고, 지금 현시대에는 중, 서부 경남에서 발원한 LG, 삼성, 효성 등 대기
업 창업자들에게 K-기업가정신으로 이어지고 있음을 발견하였다. 이 또
한 내게는 새로운 "발견"이었다. 대학 총장으로서 소속 구성원들에 대한
의례적인 관심 차원이 아닌, 개인적 관심과 체험에 바탕을 둔 발견은 또
다른 의미로 다가왔다.

진주는 현시대 한국의 몇몇 대기업 창업자들의 고향이다.

그들에게서 연결되는 학맥과 인맥을 보자면 남명 조식 선생까지 거슬
러 올라간다.

남명 조식1501~1572과 가장 비교되는 사람이 당대 편지로 서로 교류한
퇴계 이황1501~1570이다.

퇴계 이황은 주자학 중에서도 이기심성론理氣心性論이라는, 순수한 마
음의 작용을 탐구하는 데 주력했다면, 남명 조식은 경의론, 배움과 실천을
강조함으로써 보다 생활, 실용적인 측면을 강조했다. 또 이황이 주자학의
정통성에 관심을 가졌다면, 남명은 주자학뿐만 아니라 노장사상 등 두루
여러 방면의 학문을 접했다. 이렇게 마음을 밝혀서 배우는 것과 배운 것을

의로움으로 실천하는 것까지 학문하는 자세로 생각했기에 그의 제자와 그의 사상에 영향받은 사람들은 현실을 외면하지 않았다. 또한 의로움을 추구했기에 시대 비판 정신으로까지 이어지고 있다.

19세 때부터 지켜본 조선시대의 사화土禍로 인해 남명 조식은 늘 현실 정치와 사회에 비판 정신을 유지했다. 그 또한 가까운 사람들을 사화로 잃었고, 그의 사후에도 정인홍 등 제자들이 사화로 목숨을 잃기도 했다.

새로운 것은 기존의 것에 대한 보다 다른 시각, 즉 비판적인 사고에서 나오기 때문에 창의성의 선제 조건은 비판적 사고에서 출발한다. 이런 일면을 잘 설명하는 것이 '필요는 발명의 어머니'라는 말일 것이다. 비판적 사고는 비판으로만 그치는 것이 아니라 실용과 실천적 대안에 관한 고찰이 따른다. 따라서 창의성은 생각보다 많은 전제조건의 바탕에서 나온다는 것을 알 수 있다.

현실 비판과 생활 실천을 중시한 남명 조식의 사상은 이후 조선 말 경세치용經世致用, 실사구시實事求是의 정신으로, 그리고 현대사회로 접어들어서는 전후 국가 경제 재건기에 창업자 정신으로 발현되었다.

오늘날 세계적 대기업으로 키운 창업자들에게서 개척 정신, 실용과 실천을 중시하고, 공동체와 인간을 중시하는 정신사적 경향성을 찾아내고 이 흐름을 추적하는 다양한 연구가 경상대를 중심으로 이루어졌다. 이 연구들을 토대로 이른바 한국형 창업가 정신을 'K-기업가의 정신'으로 정립해 나가는 일을 2017년 진주를 한국 기업가 정신의 수도로 삼기로 하고

2023년 '진주 K-기업가정신 재단'이 출범하면서 본격적으로 시작했다.

이는 창업, 그리고 기업을 키워나가는 과정에서 구심점 역할을 하는 핵심적인 가치를 찾아 이를 다듬어 미래 세대에 전하기 위해서다.

당시 이런 연구 발표회나 세미나 등을 통해 남명 조식 선생의 정신과 K-기업가들의 창업자 정신을 연결하고 이를 미래 사회에서 어떻게 적용할 것인지, 그 가치를 구현할 방법을 모색하는 데 참여할 수 있었다.

과거 남명의 '내명자경內明者敬 외단자의外斷者義'의 정신에서 출발한 실용주의 학맥이 오늘날 K-기업가정신으로 발현되고, 나아가 미래에는 4차 산업혁명 시대에 남다르게 생각하는 능력, 협업과 소통하는 능력, 공감 능력, 도전 정신 등의 기본 소양들로 구체화할 수 있게 되었다.

과거, 현재, 미래를 가르는 남명정신, 산천재

11대 총장이 되어
대학 통합과 글로컬 대학 30으로 이끌다

원칙 있는 통합

2020년 6월, 11대 총장으로 취임하였다.

11대 총장으로서 한 일 중에서 가장 기억에 남는 일이 경상대학과 경남과학기술대학의 통합과 이를 완성해 나가는 과정이다. 이 일은 내 전임인 경상대 이상경 총장과 김남경 경남과학기술대학 총장 대의 일을 이어받았다.

11대 총장으로서 가장 중요한 일이었고 자부심과 보람이 컸던 일이다.

독자적인 두 개의 대학을 통합하는 일은 결코 만만한 일이 아니었다. 이름부터 다르고 그 목적하는 바나 구성원의 인식이 다른 두 대학을 통합하기란 몹시 힘든 일이다. 게다가 경남과학기술대 또한 만만치 않은 역사를 가진 전통 있는 대학이다.

통합만이 능사가 아니다. 통합하고 난 뒤의 상승효과가 없다면 안 하는 것만 못하다. 또한 신생 통합대학의 정체성을 세우는 일도 몹시 중요하다. 서로의 캠퍼스를 나누고 또 새로 짓고, 학교 이름을 짓는 것부터 어느 것 하나 쉽지 않았지만, 수많은 반발을 조정하고, 그것도 최단기로 무사히 통합할 수 있었다.

무사히 통합을 마친 후에는 대학의 위상이 높아져 "글로컬 대학 30"에 선정되기도 했다.

또한 통합 과정에서 단순히 물적 통합만으로 끝내지 않고 여러 단과대학을 특성화하겠다는 커다란 원칙을 정해서 실시하였기에 나중에 여러 가지 좋은 효과가 나타났다. 나는 그것을 물리적 통합이 아닌 화학적 통합이라고 말하기도 한다.

구성원들의 극심한 반대와 갈등 속에서 수많은 연구들을 통합한 데에는 2000년대 초반 연구부 실장 시절, 40개의 법정 연구원을 17개 연구원으로 통폐합한 경험이 큰 힘을 발휘하였다.

통합의 또 다른 성공 요인 중 하나는 원칙 있는 통합을 추구했던 것을 꼽을 수 있다.

통합에 관한 두 대학의 처음 약속에는 상당히 불분명하고 느슨한 요건들이 있었다. 당시 교육부가 내건 통합 원칙은 첫째, 통합하는 대학과 통합되어 폐지되는 대학을 명료하게 할 것, 둘째, 통합대학은 두 대학이 모두 폐지되고 새로운 대학으로 만들 것이었다.

그래서, 대학 본부는 경상대 쪽으로 옮기고, 양쪽 대학의 이름이 아닌 전혀 다른 이름으로 통합학교 이름을 정하기로 하였다. 또한, 경상대학교가 통합하는 대학, 경남과기대가 통합되는 대학으로 명시하였다. 두 대학은 서로 합의하였고 2021년 11월에 교육부 승인이 났다. 곧이어 2021년 3월 1일까지 행정통합을 하고 2022년 3월 1일에 학사통합을 완료하기로 하였다.

통합의 장단점과 여러 현실적인 조건들을 알아보기 위해 다른 대학의 통합 사례들을 비교 조사했다.

경상국립대는 각 지역 정부가 지정하여 육성 지원하는 거점 국립대로서 다른 9개 거점 국립대의 통합사례를 조사해 보았다.

대부분이 메인 종합 캠퍼스 안에 대학 본부를 두었고, 기존에 있던 캠퍼스를 최대한 독립시켜 놓고, 중복학과를 그대로 둔 경우 통합 후유증을 겪고 있었다. 또 분교처럼 운영되어 오히려 캠퍼스 특성화에 방해되었고 구성원들 사이에 갈등이 표출되는 경우가 있었다.

그래서 철저하게 중복되는 단과대학과 학과는 통합하고, 각 대학의 특성은 강화하기로 했다. 유사 학과와 유사 단과대학은 통폐합하고, 신설하는 학과와 단과대학은 시대와 지역이 요구하는 방향을 적극 반영하기로 하였다. 즉, 가좌캠퍼스는 교육 연구 혁신 캠퍼스로, 칠암캠퍼스는 산학협력 캠퍼스로 활용할 계획을 세웠다.

　조사 분석이 끝나고 각 단과대학의 특성에 대한 방향을 도출하고 실질적 통합에 들어갔다. 그러나 실행단계는 계획단계와는 차원이 다른 더 복잡한 문제들이 기다리고 있었다.

　학적 통합을 해야 했고, 유사 단과대학과 학과는 무조건 통폐합해야 했다. 그런데 학과의 사활이 교수진에 영향을 미치기에 반발이 심할 수 있었다. 중복되는 단과대학 학과들은 이름을 다르게 해서라도 살아남기 위해 애썼다.

　예를 들면 양쪽 대학에 있는 전자공학과를 이름만 전자 융합 공학과로 바꾸고는 이름이 다른 과니까 없애지 않아도 되지 않냐는 식이다. 또 건축공학과의 경우에는 한쪽이 건설 시스템 공학과로 만들어 두 건축공학과는 합치지 않고 그대로 있어도 되지 않냐는 식이었다. 나아가 같은 학과를 이름만 다른 내용상 똑같은 학과 세 개만을 가지고 단과대학을 만들겠다고 하기도 했다. 이런 무리한 요구를 들어주면 통합의 의미가 사라지니 이들을 설득하는 과정이 상당히 힘들었다.

　특히 강하게 저항한 사회과학 대학의 한 학과의 교수님은 한 달 동안 1인 데모를 돌아가면서 하기도 했다. 그래서 이분들을 자주 따로 만나 계속 설득했는데, 그분들의 이야기를 경청해 보니 그들의 요구사항 하나만 잘 해결하면 무사히 통합할 것 같았다. 학과가 연구 중심 학과로서 지속적으로 발전할 수 있도록 학과 내 결정 과정에서 우려가 없도록 해달라는 것이어서 몇 년 후의 교수 채용을 미리 앞당겨 채용하여서 문제를 쉽게 해결하였다.

그래서 각 대학 캠퍼스 구성원들의 의견을 다시 수렴하고 이를 반영했다.

칠암과 가좌의 단과대학과 유사 학과를 효율적으로 재배치하여 가좌 캠퍼스 중심으로 묶고, 칠암캠퍼스는 의ㆍ생명 특화 캠퍼스로 특화하고, 생활체육을 통한 평생 교육과정을 강화하기로 했다.

당시 통합 과정에서 가장 힘들 것이라 예상했던 사회과학대학 중복학과의 문제점을 해결하니 실마리 하나를 풀어낸 것처럼 통합에 속도를 내게 되었다.

현실적으로 캠퍼스를 재배치하는 데 있어서 단과대학들은 대부분 접근성과 환경이 좋은 가좌 구역으로 가려고 했다.

자연히 가좌캠퍼스는 건물이 부족했고, 칠암캠퍼스는 남는 공간이 생겼다. 칠암캠퍼스에 신축 예정이었던 건물을 IT 융복합관으로 만들어 옮겼다.

또한 인문 사회 경영대학 통합관은 개별 건물은 최소 3개의 단과 건물을 유기적으로 통합하여 증축하는 방향으로 하였다.

건물을 증축하거나 신축해야 하는데 예산 확보는 물론 완공 시기도 빨라야 2030년 이후에나 가능하여 학과 통합이 오히려 큰 불편을 만들 계기가 될 상황이었다. 어떻게 이 문제를 해결할까 며칠을 고민하다가, 의학계열과 산학협력센터, 창업지원센터, 평생 교육원 등은 처음부터 시민에게 개방되는 공간임을 염두에 두고 설계되었다.

이 모든 과정이 예상되는 기간만 10년이었는데 4년으로 단축했다.

두 대학의 통합 과정에서 특히 기억에 남는 일은 대학 본부 건물을 신축하는 일이었다.

2020년 11월 교육부 승인이 있고, 갑자기 기재부에서 자금 지원을 거부했다. 지원비는 승인이 났는데 신축 경비가 제외되었다는 것이었다. 그래서 국정감사장까지 가서 우리 대학 본부 건물을 신축뿐만 아니라 계획서 상태에서 중간에 왜 증축해야 하는지, 우리의 현실이 어떤지 설득했다. 예산 감사를 하는 국회의원 리스트를 구해보니, 다른 감사는 국회의원 두세 명이 하는데 우리 건물은 관심을 가지는 국회의원이 10여 명이나 되었다.

결국 마지막 날 저녁에 건물 신축 결정이 났다고 미리 연락받았다. 결정적으로 승인이 나도록 누군가가 도움을 주었다고 귀띔을 해주었다.

우리 담당자가 뒤에서 잘 말해준 한 사람 있었다는 것이었다. "아, 이건 멋진 크리스마스 선물이네요. 우리가 큰 선물을 받았습니다."

나는 우리 보직자에게 기쁘게 말했다.

그날은 마침 크리스마스였고, 정말 그 결정은 커다란 선물처럼 느껴졌다.

의학 복합관은 신축 도중에 설계 변경하여 증축하였다.

의과대학 의학 복합관을 설계할 때 원래는 6층으로 계획했는데 기재부에서 예산을 깎아서 결국 4층짜리 건물이 되어버렸다. 그런데 처음 계획과는 달리 4층짜리 건물이 되어버리면 생각보다 문제가 복잡했다. 설계와 다르게 6층짜리가 4층짜리로 바뀌어버리면 결국에는 도중에 언젠가는 증축해야만 했다. 나중에 증축할 때 학생들 수업하는데 지장이 생길뿐더러 비용도 더 많이 들 수도 있다. 나중에 의과대학 학생 증원하는 데도 꼭 필요했다. 학생들의 학습권과 경제성을 무기로 이미 완성된 건물의 증축 필요성을 교육부에 피력하고 설득하였다. 결국은 처음 설계대로 정부의 지원을 추가로 받아내고 부족한 부분은 학교 회계를 충당하여 6층으로 관철했다.

그런데 신축할 경우 증축하는 시도는 IT 공학관에서도 마찬가지였다. 칠암캠퍼스의 신축을 위한 가건물 신축비 20억 원과 추가 대학 회계 10억 원을 보태어 한 층을 신축하였다. 원래 칠암캠퍼스에는 IT 관련 학과들과 기계 관련 학과들이 입주할 공학관을 신축할 예정이었다. 그런데 두 대학을 통합하면서 상대적으로 약한 IT 분야의 협력과 발전을 위해서 IT 공과대학을 신설하였다.

물적 통합은 이루어졌지만, 역시 학교란 역사와 전통처럼 양보할 수 없는 내적 정체성이 있다. 캠퍼스부터 교명 문제, 본부 위치 문제, 학군 문제 등 정체성 관련한 내용과 인적 통합 문제가 주요 논쟁점으로 떠올랐다.

드디어 수많은 논쟁 속에서 2021년 3월 1일, 새로운 통합대학으로서 경상국립대학교가 출범하였다. 또한 내가 초대 총장으로 임명되고 경남과기대의 추천인이 부총장으로 임명되었다. 대학 본부는 두 캠퍼스에 나누어 설치했다.

경남과학기술대의 개교 기념일인 4월 30일에는 공식 출범식을 가졌다. 이날 여러 개교기념행사를 하였다.

동천제를 지내고 진농탑에서 타종식을 하였다. 체육대회에서 "칠암에

2021년 경상국립대학교 출범식

서 가좌까지"라는 슬로건을 내걸고 기념 마라톤을 했다. 칠암에서 출발해서 진치령을 지나서 가좌캠퍼스로 코스를 잡았다.

이 마라톤 코스는 경상국립대가 "칠암에서 시작되어서 가좌로 뻗어나갔다"라는 의미가 담겨 있다.

대학 통합에서 성공적인 대학 평가 사례는 거의 없으나 교육부와 지역사회, 대학 내부에서의 평가, 통합 후 종합적인 역량 평가에서 "가장 빠른 시간 안에 가장 성공적인 통합"이란 평가를 받았다.

대학 통합 후 남은 공간을 활용해 창업을 활성화하기 위한 다양한 방안을 모색했다.

나는 여기서 그동안 남명의 실천하는 의義의 정신으로 이어져 온 K 기업가 정신의 현대적, 실질적 실천정신을 접목할 기회라고 생각했다. 도전과 개척, 실패를 두려워하지 않는 창업 정신으로 이어보고 싶었다.

창업하려는 업체에 대학은 공간이나 시설, 그리고 아이디어와 프로그램 등 인적 · 물적 지원을 해줄 수 있도록 환경을 마련했다. 창업 기업이 안정될 때까지 보육센터와 같은 역할을 할 수 있도록 경상남도, 진주시, 경상국립대가 함께 약 1,200억 원의 창업 관련 사업들을 유치하였다. 또한 유효 공간을 활용해 생명 의학 계열과 산학 협력, 시민개방형 공간, 평생 교육, 창업 공간 등을 마련하여, 지역사회와 함께하는 대학 기능을 강화했다. 또한 시민교육까지 담당하여 지역사회에 친밀한 대학으로 만들고자 노력했다.

대학 통합 후 가시적으로 드러나는 성과와 위상

경상대학교와 경남과학기술대학과의 통합은 단순히 두 대학만의 일이 아닌, 우리 지역사회에 큰 영향력을 미치는 일이었다. 유망하고 우수한 국공립대학의 존재는 지역 경제 사회 문화에도 좋은 영향을 미치고 지역발전에도 큰 역할을 한다.

나는 이때의 통합을 "개방형 공유 특화형"이라고 부르며 경남에 설립되는 여러 기관과 시설에 그 개념을 도입하려 애를 썼다. 최근까지 경상국립대에 "경남우주항공방산과학기술원GADIST" 설립과 적용에도 적극적으로 나서서 이를 적용하려 했다. 사실 현실적으로 이런 사업들을 위한 환경은 열악한 편이다. 하지만 우리가 미처 준비하지 못했더라도 기존의 여러 기관과 연계하여 같이 하면 되리라는 생각을 했다.

이 모델은 선진국과 우리나라의 다른 사례들을 종합, 참고했는데, 무엇인가가 부족하면 외부의 시스템과 자원을 공유하여 사용하고 그 결과물도 공유한다는 개념이다. 이는 잘만 하면 서로가 윈윈하여 성과를 올릴 수 있으리라 본다. 예를 들면, 우주항공 방산 분야의 기술 연구를 위해서 경상국립대가 부족한 것이 있으면 한국재료연구원, 한국전기연구원, 한국세라믹기술원, 국방품질기술원, 국방기술진흥연구소, 한국항공우주연구원, KAIST, 서울대 뿐만 아니라 KAI, 한화에어로스페이스, 현대로템, LIG넥스원, 두산에너지빌리티 등의 산업체까지 협력하여 기술 연구 교원과 연구팀 등을 공유할 수 있는 시스템을 구축하는 것이다. 이른바 상

생을 위한 공유와 융합이라고 할 수 있겠다.

세계적인 지역대학 – 글로컬 대학 30에 선정되다

대학을 무사히 통합하고 "글로컬 대학 30" 사업에 선정되었다.

"글로컬 대학 30"은 세계적이라는 뜻의 글로벌 Global과 지역적이라는 뜻의 로컬 Local의 합성어이다. 국제적이면서도 강한 지역대학 육성을 위해 2023년부터 교육부가 마련한 정책으로 지역의 작은 대학들을 통합하고, 지역과 대학이 서로 연계하여 장기적이고 안정적인 경제 발전과 미래 먹거리를 마련하게 한다는 목적으로 여기에 선정되면 대대적인 지원을 받을 수 있다.

혁신으로 지역의 산업과 지역사회와 연계하여, 그 지역에 맞는 특화 분야에서 "세계적 경쟁력을 갖추고 혁신을 선도하는 대학을 육성"하여, 각 지역사회의 학생과 학부모가 지역을 떠나지 않고도 가고 싶은 지역의 학교로 만들겠다는 계획이다.

이에 통합을 마친 우리 대학 역시 교육부의 제1기 글로컬 대학 사업에 선정되기 위해 총력을 모았다.

지역대학에 대한 국가적 지원사업에 매달리는 이 경험이 어쩌면 진정으로 통합된 하나의 대학으로서 치르는 첫 도전이자 시험이라 생각했다.

재정적인 국가 지원뿐만 아니라 이 용감한 이야기는 뒤에 대학의 역사 첫 페이지를 장식할 수도 있고, 또 어쩌면 이 기회를 통해 진정한 화학적 통합을 할 수도 있으리라 기대했다.

이 사업 첫 회에는 비수도권의 일반 재정 지원대학 166개교 중에서 108개교(약 65.1%)가 지원하면서 경쟁이 매우 치열했다.

당시 우리 학교는 '이번에 선정되지 않으면 다시는 기회가 없다'라는 절박한 심정으로 준비했다. 해외 대학·기관과 협력, 인적 네트워크 구축을 위하여 미국, 프랑스 등 해외 출장도 여러 번 다녀왔다.

매일 아침저녁으로 회의를 열고, 사업계획서의 부족한 부분을 보완하고, 이것을 다시 수정하는 작업을 여러 번 되풀이했다.

우리 대학은 우리 지역의 특성에 맞춰 "우주항공과 K-방산 분야 인재 양성"이라는 주제로 사업계획서를 작성하였다.

그 결과 경남에서는 최초로, 그것도 우리 지역에서는 유일하게 글로컬 대학 사업에 선정되었다.

다양한 산학 협력과 LINC 3.0 사업

이 사업에 선정되는 데는 우리 대학 통합 과정의 경험을 계획서에 대폭 담은 것이 매우 유리하게 작용했다고 생각한다. 통합 과정에서 각 단과대학 캠퍼스를 대학만의 쓰임보다는 지역사회와 공유한다는 개념으로 접근하여 지역 시민과 지역 산업체에 열려 있는 공간으로 만들었다.

창업 관련 4가지 사업을 시작했는데, 그린 스타트 업 주관대학, 그린 바이오 벤처 캠퍼스 조성 사업, 창업 교육 혁신 선도대학 사업을 맡아서 했다. 그래서 한강 이남 최고의 창업 도시로 김해 양산과 창원, 그리고 진주를 잇는 트라이앵글 창업기지를 형성하였다.

정규 교수 4명으로 구성된 대학원 창업학과를 확대하였으며, 칠암의 대학 통합으로 남아도는 유휴 공간을 활용했으며, 우주항공산업, 바이오 생명 산업 등 장래 성장성이 큰 산업을 유치했다. 그래서 2023년에는 12명의 창업 교수와 19명의 창업 지원 교수를 배출하였다.

또 국가 정책을 주도하고 이를 대학 발전에 연계하였다.

교육부가 주관한 링크LINC 3.0 사업에 선정되었는데, 원래 지방 활성화를 통해 국가 균형 발전 해결 방법으로 지방의 대학과 지역 산업을 육성, 개발하기 위한 것이었다. 자금은 국가균형발전 특별회계라는 이름으로 마련하였다.

이 사업은 세 분야로 나누어져 있었는데, 기술혁신 선도형에는 55억 내외, 수요 맞춤 성장형과 산학 협력 선도형 대학에는 40억 내외가 할당되어 있었다. 그런데 처음 이 정책을 계획하고 설계한 사업 기획위원의 기획을 보니 불합리한 점이 발견되었다. 표면적으로는 수도와 비수도권으로 형식상 나누어놨지만, 서울 제외 수도권 대학 위주로 혜택이 돌아가게 되어 있었다. 수도권에는 8~9개 대학, 지역대학에 3~4개 대학을 뽑는다는 것이었다. 국가 균형 발전이라는 목표로 보자면 지방 위주로 해야 하는데, 더더구나 기술 핵심 선도형은 산학 협력사업 중에서 가장 규모가 큰 건이었는데, 선정 대상 할당에서 수도권이 유리하게 기획되어 있었다.

지역을 살리자는 원래의 취지와 너무 다르다는 생각에 나는 교육부 차관과 균형 발전 위원회 위원장을 찾아가 면담했다. 이런 불합리한 할당을 수정하지 않으면 국회라든지 감사원 같은 데 가서 지역 균형 발전 해결을 목적으로 한다면서 왜 수도권 대학에 혜택을 더 많이 주느냐고, 이를 문제 삼겠다고 강하게 요구했다. 또한 다른 국립대학 총장님들과 모여서 함께 이의를 강하게 제기했고, 이에 교육부에서 이를 반영하여 문제의 규정을 바꾸었다. 그래서 1차 선정대학의 할당 수를 수도권과 지역을 바꾸어 수도권 2~4개, 지역대학을 8~9개 뽑기로 했다.

결국 나중에 선정한 결과 수도권은 3개, 지역대학은 9개의 대학이 선정되었다.

우리 대학은 처음 선정 당시에는 간신히 턱걸이로 아슬아슬하게 선정되었지만, 1차년에 중위권을, 2차년에 상위권에 진입하고, 3차년에는 전국 2위를 하더니, 나중에 실적 평가에서는 서울 포함 전국 대학 평가에서 우리 대학이 1위를 했다. 이의를 제기해서 규정을 바꿔가면서 기회를 얻었기에 특별히 더 뿌듯했다. 특히 구성원들이 능력을 최대한 발휘할 수 있는 사업단 구조를 창안하고 실천하여 좋은 결과를 얻은 것이 보람 있었다.

그런데 이 사업에 지원하는 과정에서도 우리 대학은 내부적으로도 우여곡절을 겪었다. 처음, 이 사업 이전에 2020년의 사업 진행 실적이 너무 안 좋아서 이번에는 조금 다른 분야를 설정해 계획안을 내려고 했다.

이 사업은 원래 전공과목이 있듯이 3개의 분야로 나누어 선택 지원하게 되어있었다. 이를테면 연구개발 기술혁신 선도형, 수요 맞춤 선도형, 협력 기반 구축형 3가지이다. 이 중 5~6곳 정도만 선정되는 연구개발 기술혁신 선도형 부문이 경쟁이 심할 것으로 예상되어, 이전 사업의 실적이 좋지 않기에 조금 더 가능성이 있는 수요 맞춤 선도형 쪽으로 신청하려 했다.

그런데 내가 교육부에 항의까지 해서 기껏 연구개발 기술혁신 선도형 쪽에다 선정 대상자 수를 늘려놓았는데, 정작 우리 대학이 그 분야에 지원하지 않는다는 것은 자존심이 허락하지 않았다.

실적은 저조하고, 지원 분야에 대한 방향성을 가지고 내부적으로 갈등이 있는 데다 프레임 변경으로 혼란도 오겠지만, 이번에는 총장 차원에서 사업계획서를 제대로 잘 써서 추진해 보자 결심하고 내가 적극적으로 참여했다. 그래서 나도 밤을 새워가며 사업추진단과 함께 기술혁신 선도형으로 지원 분야를 바꾸고 사업을 모형화하는 데 힘을 합쳤다.

경상국립대만의 그동안의 경험이 떠올랐다. 지역 상생과 협력, 경쟁이 가능한 인더스트리 커플 센터 모델(ICC)을 만들어 사업계획서에 반영하였다.

이 사업계획은 대학의 통합과 그 과정에서 얻은 여러 방책을 바탕으로 산학교육센터와 기업가정신센터를 통해 산.학.연 연계 교육 프로그램을 강화하여, 창업 기업에 맞는 맞춤형 교육, 산학 공동기술을 개발하고 네트워크를 구축하여 서로 협업하는 과정을 담고 있다.

지역의 산업체와 학교 연구진들이 서로 경쟁하고 상생 협력하는 구조로 만든 계획서는 호평받았다. 특히, 우리 학교 사업 단장님이 정말로 솔선수범하여 최선을 다해 일해주었다. 그의 성실성에 거듭 감탄하고 또 감사함을 느끼지 않을 수가 없다.

그 외 다양한 국가 시책사업에 적극적으로 도전하여 국가정책을 실행하고, 또 때로는 선제적으로 좋은 안은 실행해 보고, 역으로 국가기관에 제안함으로써 대학의 위상을 높여왔다고 자부한다. 특히 지역 살리기 정책 같은 경우, 중앙부처는 지역의 어려움에 어두울 수밖에 없는데, 우리

우주항공청

대학이 먼저 사업계획서를 통해 우리 지역에서 올린 많은 아이디어를 정부의 정책에 반영하기도 했다.

국제 교류와 협력, 그리고 대학원 활성화 사업

최근까지 경상국립대는 세계적인 학교로서의 위상을 높이기 위해 다방면으로 국제 협력 관계를 맺어왔고 또 다양한 해외 활동에도 참여하였다.

대학 차원의 국제적인 활동뿐만 아니라 대학원 차원의 교류는 장기적인 내, 외국 거주가 걸린 문제이며, 또 국가와 국가의 문제이다 보니 비자 문제가 늘 걸린다. 대학원과 유학생 교류는 상호 학위가 인정되어야 하고 또한 유학생 비자 문제도 반드시 해결되어야 한다. 그런데 대학에 따라 비자 인증 제한 대학, 일반대학, 비자 인증 대학으로 나뉘는데, 우리 경상국립대는 그동안 유학생 비자 인증문제가 풀리지 않고 있었다.

경상국립대가 대학원생의 연구 활동을 최대한 지원하는 "연구중심 대학"을 표방하였고, 대학원 활성화를 목표로 내걸었는데, 비자 문제가 해결되지 않으니, 손발이 잘리고 없는 듯 갑갑했다.

연구가 중심이 된다는 말은, 대학 학부생보다 대학원생이 중심이 된다는 것이고, 또 연구 활동에는 연구자의 의지나 의욕, 그리고 연구를 수행할 능력과 자질, 연구비가 확보되어야 한다. 그뿐만이 아니라 다양한 연구를 수행할 인력이 있어야 하는데 이 모든 것의 시작이자 끝이 외국인 학생이고, 비자 문제이다. 외국인 대학원생이나 우리 대학원생의 교류나 각종 협업에는 비자 없이 힘들다. 그래서 2018년부터 꾸준히 노력하여 비자제한 대학에서 일반대학으로 풀렸고, 마침내 2024년에는 비자 인증 대학으로 선정되었다.

이어서 대학원생뿐만 아니라 더 나아가 학위과정 및 어학연수 과정 인증 대학으로 확대되어 많은 학생이 혜택을 보게 되었다. 게다가 기존의 비자 발급 문제를 표준입학허가서만으로도 사증 발급 심사를 하게 하여 체류 기간을 연장할 수 있게 되어 절차가 대폭 간소해졌다.

그 외에도 대학원 외국인 특별전형에 정원 제한을 풀었고, 각종 정부 초청 장학사업GKS을 선정할 때도 일정한 점수를 가산받게 되었다. 한국 유학 박람회 참여도 유리해졌다.

이러한 노력 덕에 나중에는 국제 협력 선도대학으로 지정되어 보고르 농대 스마트 농업 전문인력양성 학과를 신설하였다.

또 동남아 최우수대학들과 적극적이고도 활발한 교류를 하고 있으며, 각도마다 국제 개발 협력 센터를 두는데 여기서 "경남국제개발협력센터"를 유치했다. 여러 분야의 정부 개발 원조 사업ODA을 유치하면서 인력양성도 하고 네트워크도 구축하였다.

또한 프랑스, 미국 등 우주 항공대 선진 대학 특히 인사 툴루즈 존스 홉킨스, UCLA와 같은 대학들과 교류를 해왔다. 이를 통해 이들과 공동 학기제GKS(Global Korea Scholarship)를 했다. 또한 페루와 9대 총장 시절 '친한리

더육성사업'의 경험을 살려 정부에 제안, 정부의 대학원 사업 시행에 반영되기도 하였다. 개도국 친한육성사업FGLP은 총장 시절 시행했던 것으로 페루와 같은 개도국 친화 리더 육성 사업을 했는데, 여기에 신성 델타와 같은 회사와 KAI 등도 참여해서 좋은 성과를 냈다. 정부에 우리가 먼저 제안하고, 정부가 사업을 해서 2년 동안 우리 대학이 우수한 실적을 발휘하였다.

이 외에도 전일제 대학원생에게 전액 장학금을 지원하고, 대학원 기술경영학과, 과학기술정책학과, 국제협력개발학과를 신설하였다. 신생 학과가 많이 생긴 데에 따라 대학원생 정원이 대폭 늘어나 2024년 3월 5,700여 명의 대학원생이 입학했다.

이는 경상국립대가 명실상부한 대학원생 중심의 "연구중심대학"으로 발전하는 것을 나타내는 증거라고 할 수 있다.

국회에서 우리나라 고등교육에 대한
미래 전략을 논하다

나는 2022년 10월 국회 교육위원회 국정감사에서 우리나라 대학교가 처한 현실을 말하고 이에 대한 대처로 지역대학 발전을 위한 3가지 방안을 제안한 적이 있다.

대학의 낡은 시설과 연구 장비, 부족한 재정, 그리고 벼랑 끝에 서 있는 지역대학의 사정에 그나마 가장 효과적인 대안으로 지역거점대학에는 무상교육을 적용해 보자고 제안했다.

사실 지역은 인구 감소뿐만 아니라 수도권 집중 현상으로 지역의 산업과 학교들이 고사 위기에 처해있다. 이는 고등 교육기관인 대학이라고 다르지 않다.

이에 따라 나는 세 가지를 제시했다.

첫째, 시설 지원이다. 우리나라의 인력, 재정, 시설, 기자재 등의 기준이 우리나라가 후진국이던 1980년~1990년에 머물러 있다. 이는 초 · 중 · 고

국회에서 인사말씀

보다 못한 것으로 선진국 기준으로 바꿀 필요가 있다.

특히 대학의 경우 재정적인 면을 보면 OECD 평균에도 미치지 못한다. 시설 면에서 초, 중, 고, 대학시설 중 가장 낙후한 것이 대학시설이다. 대학 현장에서 바라보면, 시설 및 기자재 등과 같은 물적인 면, 연구인력 등과 같은 인적인 지원이 턱없이 부족하다.

따라서 우리나라의 국격과 시대적인 요구에 맞도록 교육 목표를 다시 설정하고 전반적으로 미래산업인 대학 교육 환경을 개선할 것을 요청했다.

둘째, 재정 지원이다.

각 지역의 국가 거점대학들은 지역사회를 선도하기 위해서는, 지역선

도연구센터RLRC를 확대 운영하고 지방기초과학연구원RIBS 설치 등 지역연구할당제를 강력히 시행하고, 대학 특성화 분야 및 지역전략산업과 연계한 분야를 국가거점 대학의 연구 중심 단과대학으로, 집중적으로 육성하도록 지원해 달라고 요청했다.

대학, 특히 지방대학이 고유의 특성이나 변별력이 없다면 살아남지 못할 것이다.

비효율적인 교육 시스템으로 세계 47위에 불과한 고등교육 경쟁력을 끌어올리고, 곧 도래할 4차산업혁명 시대에 부합하는 인재를 양성하도록 고등교육 재정을 획기적으로 확충해 달라고 요청했다. 이미 정부에서도 '고등, 평생 교육 지원 특별회계'를 편성하여 어느 정도 관심과 노력은 보이고 있지만 이는 어디까지나 한시적인 정책이어서 지속이 가능하고, 또 장기적인 재정정책을 펼칠 필요가 있다.

특히 경남의 전략산업인 우주항공산업과 연계하여 경상국립대의 특성화 분야인 우주항공 분야를 서울대 수준으로 발전시켜 국가균형발전을 도울 수 있도록 '경상국립대형 서울대 10개 만들기' 전략을 지원해 달라고 요청했다.

셋째는 적어도 국립대, 특히 각 지역의 거점국립대학 정도는 무상교육으로 전환해 달라고 요청했다.

유인책으로 무상교육을 실행하면, 각 지역의 인재들이 그 지역을 떠나지 않고 그대로 지역대학으로 진학함으로써, 인구 감소와 지역 소멸의 대책이 될 수 있다. 또한, 교육에 의한 사회적 약자의 신분 상승 사다리로서

역할도 기대할 수 있다. 경제력과 상관없이 인재들의 계층이동이 자유로
워야 활력있는 사회로 만들 수 있다.

이러한 국가의 지원에 합당하게 경상국립대는 국가 거점 국립대학으로
서의 책무와 공공성을 충실하게 수행할 것을 약속했다.

나는 또 우주 항공법을 통과시켜달라
고 국회에서 1인 시위를 하기도 했다.
우주 항공 방산 산업은 우리 지역 경상
남도의 숙원 사업이었다. 이를 촉구하는
시위를 벌였다.

1인 시위

2023년 5월엔 우리나라가 세계 7번째
로 인공위성을 쏘아 올렸다.

진주와 사천 일대를 중심으로 경남 지
역은 오래전부터 우주 항공 방산의 중심
지역이 되기를 꿈꾸었다. 나는 우주 항
공법을 만들고 우주 항공청을 신설해달라고 끊임없이 요구해 왔다.

당시 나는 '우주 항공에는 여야가 따로 없으며, 이념대립도, 지역도 없
다. 단지 우리들의 꿈이 있고, 미래가 있고, 우리나라의 국익이 있을 뿐'이
라고 호소하였다.

결국 2024년 1월 9일, 경남 사천에 우주항공청 설립을 위한 "우주항공
청 설치 운영 특별법"이 국회를 통과하였고, 우주항공청이 사천에 개소할

것으로 본다.

이처럼 나는 가만히 앉아서 기다리기보다는 적극적으로 사람들을 만나 문제를 해결하기 위해 노력하는 편이었다. 열심히 최선을 다하여 도전하고 불합리한 것은 따지고 또 필요한 것은 적극적으로 요구하였다. 때로는 간곡하면서도 진심 어린 편지를 썼고, 따지고 싸워야 할 때는 또 싸웠다. 할 수 있는 것은 다 하려고 하였다.

싸우면서 정든다는 말이 있듯이 학교 내에서나 바깥에서 특이하게도 나와 싸운 사람들과 나중에는 잘 지내게 된 사람들도 많다. 간곡하게, 또 하려고 애쓰면, 대부분의 사람들은 소극적이든 적극적이든 도와주려 했다. 자기 몫의 일을 충실히 할 때, 사람의 마음을 움직일 수 있다.

사천 우주항공청 내부

경상국립대학교를 사랑하여 주시기를 바랍니다

2024년 6월 7일 이임하던 날, 나는 진주 시민, 경남도민들에게 내가 그동안 몸담고 최선을 다해 일해온 경상국립대를 아끼고 관심을 가지기를 부탁했다.

지역의 대표적인 거점 대학은 우리 지역과 운명을 같이하기에, 더 아껴주고 더 사랑하여 주기를 바라는 마음에서였다. 또한 그에 걸맞게 우리 지역의 자랑거리로 그 역할을 다하는, 세계적인 대학이 되길, 그리하여 전 세계에서 배우러 오는 학교가 되길 지금도 바라고 있다.

38년 전 여느 교수 중 한 사람처럼 나 또한 그냥 지나가 버릴 거라는 한 학생의 말에서, 진주 경상대학교를 세계적인 학교로 만들어 보이겠다고 한 약속이 오늘의 나를 있게 했다. 2011년 9대 경상대 총장이 되면서, '진주 정도의 이 작은 도시에서도 세계적인 대학이 가능하다는 것을 보여주겠습니다'라고 약속했다.

그 뒤 경상국립대가 대학 통합을 통해 의료 병원 설립, 우주항공 대학 지정, K-기업가 정신을 되살린 연구 중점, 창업보육 대학으로서 경남 전역으로 영향력을 확대해 나갈 때도 나는 '경남도민이 자랑스러워하는 대학', '경남도민이 자녀를 보내고 싶은 대학', '경남의 기업들이 신입사원으로 선발하고 싶어 하는 대학', '좋은 기업들이 우수 신입사원을 채용하기 위해 경남을 찾아오게 하는 대학'으로 만들겠다고 경남도민에게도 약속하기에 이르렀다.

이제는 꿈이 더 커져서 우리 경상남도가 공부하러 오고 싶은 곳, 살고 싶은 곳, 안심하고 아이를 키울 수 있는 곳, 인재들이 많은 곳으로 만들 자신이 있다고 또 약속한다.

어디 가든 내 제자들이 경상국립대의 출신인 것을 자랑스러워하길 바란다.

또한, 우리 지역 사람들도 생기발랄한 젊은이들이 지역에서 문화와 학문에 대한 열정을 키울 수 있도록, 또 미래의 지역 산업과 경제를 담당하는 인재로 성장할 수 있도록 지지하여 주었으면 한다. 좋은 대학이 있는 지역은 장래가 밝다.

다행히 2024년 입시 경쟁률이 거의 100%에 가까운 99.9%로 지역거점 국립대 중에서 1위를 했다. 그 정도로 경상국립대는 우리 지역에서 외면받지 않고 사랑받고 있다고 생각한다.

총장 집무실 내 책상 위의 컴퓨터를 열면, 가장 먼저 총장 업무와 소회를 기록하는 일지가 있었다. 일지 첫 부분은 대학의 '개척 시'를 패러디하여 "너는 경상국립대를 위해 무엇을 할 수 있다고 생각하느냐? 무엇을 변화시킬 것이냐?"라는 글이 있다. 다짐과도 같은 그 글귀를 날마다 들여다보며 나는 그날의 일지를 기록했다.

경상국립대 사람들과 그동안 열심히 줄기차게 달려왔고 또 최선을 다해 왔기에 나로서는 후회는 없다. 단지 내가 미처 채우지 못한 것을 학생들이 진주 시민이, 경남도민이 그리고 시간이 채워주길 바란다. 나는 또 내 길 위에서 응원하고자 한다.

내가 퇴임하는 날에는 축하 겸 격려의 현수막이 걸렸다.

"권순기 총장님의 찬란한 앞날을 응원합니다"라는 응원의 내용을 담고 있다.

그런데 그 바로 위에는 또 하나의 현수막이 걸려 있었는데,

"의대 정원, 총장 마음대로 정합니까? 구성원 의견을 묵살한 총장을 규탄한다"라는 규탄 현수막이 아래위로 걸려 있었다.

나는 이 두 개의 현수막이 걸린 사진을 들여다보고 가끔 미소를 짓곤 한다.

축하는 축하대로 해주고, 또 총장으로서의 책임은 다하였으나 그에 대한 비판은 겸허히 받아들이기에, 그 모든 것이 나에게는 고마운 일이었다. 그리고 그런 그들을 나 또한 애정을 가지고 잘되길 격려하고 또 들여다볼 것이다. 거기에 그들이 있어서 나 또한 행복했기 때문이다.

4부

교육에 관한 오래된 고민과 새로운 질문들

숲을 기르는 데 뜻을 두면 재목을 풍족하게 얻을 수 있지만,
재목으로 쓸 나무 기르는 데만 뜻을 두면 재목을 얻기조차 힘듭니다.
- 박인 『조식 언행록』 중

우뚝 솟은 산악처럼   넓고 깊은 연못처럼

岳　立　淵　中

미래의 인재-5C

학교 안팎의 도전과 실험, 다양한 형태의 교육이 필요하다

실행의 핵심은 신뢰와 지속성

K-기업가 정신, 미래의 싹을 키워 지역 공동체를 살린다

인간다운 인간, 과거에서 가져오고 싶은 경(敬)과 의(義)

●
경남교육청

미래의 인재 - 5C

요즘 최대의 화제는 인공지능AI, Artificial Intelligence과 더불어 살아갈 우리의 미래다.

인공지능의 발전이 어디까지일지, 또 인공지능이 인간 노동력을 어디까지 대체할지, 그래서 인간의 직업 세계를 어떤 형태로 바꿔놓을지, 인간은 어떻게 대처해야 할지 높은 관심과 함께 다양한 전망이 쏟아져나온다.

지금도 천문학에서의 복잡한 계산, 실험실의 신약 개발 등 방대한 데이터를 처리하고 분석이 필요한 연구소나 전문 직업의 세계에서는 필수 장비로 이미 쓰고 있고, 아이들은 수업 과제를 하거나 친구처럼 대화 놀이 상대로 삼고 있기도 하다. OpenAI의 Sora(소라) 모델이 기존의 사진이나 영상물을 지브리 애니 풍으로 만든다고 하여 사용량이 갑자기 늘어나는 바람에 샘 올트먼이 'GPU가 녹아 내린다'라고 표현한 적이 있다. 사람들은 이미 알게 모르게 인공지능을 도구로 여기저기서 쓰고 있다. 그동안 인간이 쌓아 올려놓은 보물인 지식의 동굴 Open AI에 "Open, Sesame!"(열려라, 참깨!)하고 외치는 것 같다. 아니면 천일야화에 나오는 소원 들어주는 도깨비 지니가 출현한 것인지도 모를 일이다. 이처럼 지식뿐만 아니라 수많은 데이터에 대한 접근은 더 쉬워질 전망이다.

AI 전문가들은 앞으로 5년에서 8년 정도의 시간이 지나면 자연 지능이라 할 인간의 뇌를 인공지능이 뛰어넘는 기술적 특이점이 올 것으로 보고 있다. 그때쯤이면 본격적으로 인공지능을 당연한 듯이 일상에서 쓰게 될 것이며 생활 곳곳에 인공지능에 기반한 사물들이 연결될 것이라고 한다. 이 인공지능은 쓰기에 따라 아주 강력한 도구이기 때문에 자신의 업무에 잘 활용하는 사람과 그렇지 못하는 사람 사이에는 격차가 벌어질 것으로 예측하는 사람도 있다.

인공지능AI '구글 딥마인드'를 이끌어가고 있는 구글 최고경영자CEO 이자, 지난해 2024년 단백질 구조를 예측하는 AI '알파폴드'를 개발한 공로로 노벨 화학상을 받은 데미스 허사비스가 미래 세대, 특히 십 대들에게 앞으로 필요한 자질을 꼽았다. 그는 AI를 이해하기 위하여 코딩을 포함한 STEM(과학, 기술, 공학, 수학) 등 기초학문이 중요하니, 이에 대한 능력을 키우고, 또한 AI를 잘 활용하는 법과 창의성, 적응력, 회복탄력성 등을 응용한 메타 기술을 익히기를 권했다.

교육 분야에도 AI 전문가들이 미래 사회 전망을 넘어 새로운 교육 프로그램을 내놓고 있다.

일론 머스크는 '애드 아스트라Ad Astra'라는 프로젝트로 학생들을 모집하여 일부 학생을 유치원부터 교육하기 위해 사람들을 모집하고 있다. 프로젝트, 융합 교육이 특징인데, 스페이스 X의 우주탐사나 테슬라의 에너지 등 복잡한 문제를 탐구하고 해결하는 문제해결 중심, AI, 로봇 등 기술을 넘나드는 통섭, 소규모 팀 집중형, 학년 교과과정이 따로 없는 비정형 구조, 즉 학생의 흥미와 능력에 따른 수직적 구조, 프로젝트 해결 능력의 평가방식 등을 주요 요소로 담은 교육 프로젝트를 내세우며 전 세계적 학교를 만들 계획인 듯하다.

경남은 해안을 따라 산업도시가 많아 산업현장에서 인공지능을 어떻게 활용할 것인지, 전망은 어떤지에 사람들의 관심이 높다. 올해 3월 19일에는 경남경영자총협회가 노사 합동 세미나를 가졌다. 이 자리에 구글Google 클라우드 코리아의 지기성 사장을 초청해서 강연회를 열었다.

이날 그가 강조한 것은 "기업에서 인공지능을 사용하는 것은, 직원을 해고하는 것이 아니라 효율을 높이기 위한 것"이어야 한다고 강조했다.

사실 AI를 바라보는 사람들의 가장 큰 관심사이자 걱정에 대한 답변처럼 느껴지기도 했다.

아직 AI로 인한 새로운 직업이 출현하지 않은 상태에서 경쟁력이 떨어지는 분야에 있던 기존의 직원이 밀려나는 현상이 한동안 계속될 것이다. 그 교체 시기도 엄청나게 빨라 인력난에 시달리던 코딩을 비롯한 AI 관련 직업군에서 단 6개월이나 1년 만에 대량으로 해고되는 일도 벌어지고 있다.

2017년 이래로 나는 이 미래의 교육에 대해 많은 관심을 가지고, 그동안 연구실이나 산업계와의 협업 과정에서 쌓아온 경험에 비추어 미래 교육의 방향과 필요한 자질에 대해 오랫동안 모색해 왔다.

교육은 미래에 대한 투자이다.

그 미래는 새로운 것이며 예측이 어려운 길이며 변화무쌍하고 아직 정해진 길이 따로 없는 세상이다. 기존의 정해진 틀이 통하지 않는 세상일 때 가장 살아남기 좋은 전략은 무엇일까?

일단 혼자서 무엇인가를 꾀하기보다는 모여서 서로 알고 있는 지식을 공유하고 이를 융합하고 다시 새로운 아이디어를 제시하는 것이 좋은 전략이 될 것이다.

Creativity: 다르게 생각하는 능력, 창의성과 비판 정신Critical Thinking

창의성은 완전히 새로운 것, 없던 것에서 나오기보다는 기존에 있던 것들에서 새로운 시각으로 접근할 때 나온다. 사고의 유연성과 비판적인 시각이 필요하며, 문제에 대한 해답을 찾아가는 과정이 중요하다.

먼저 정보를 수집하고 자신에게 맞게 가공하여 저장하였다가 필요할 때 끄집어내어 사용하는 능력이 필요하다. 일반인은 창의성을 너무 어렵게 생각한다. 타고나는 것이라고 생각하기도 한다. 창의성은 다르게 생각하는 능력, 다른 해법을 생각해 내는 것을 의미한다. 우리가 일상생활에서 쉽게 마주치는 것이며 훈련과 경험에 의해 크게 향상 시킬 수 있는 것이다.

과학고나 영재고 학생들과 특강 형태나 교육형 연구 논문 작업을 통해, 이러한 자질 양성의 필요성을 관심 있게 다루어본 경험이 많다.

이런 수업에 학생들이 내놓은 결과물이 얼마나 창의적인지, 수업하면서도 놀랄 때가 많다. 시간만 충분히 주어진다면, 좋은 내용의 수업이 가능하다.

창조는 생각보다 주변 지식과 다양한 경험을 많이 필요로 한다.

기존의 것을 보다 다양하고 비판적인 관점에서 재해석하고 재구성해야 하기 때문이다. 그에 대한 폭넓은 이해와 맥락의 해석이 따라야 하기에 다양한 체험과 폭넓은 지식 습득이 필요하다. 이런 이유로 인문학적 독서와 다양한 직, 간접 체험활동이 필요하다.

Communication: 소통 능력

자신을 이해하고 타인을 수용하는 능력이 필요하다. 남의 말이나 글을 이해하고 자신의 생각을 전달하는 능력이 더욱 중요해지고 있다.

따라서 미래에는 다양한 자기표현의 능력이 필요한데, 말하기 · 듣기 · 쓰기 · 읽기 형태로 표현하는 능력을 기르는 교육이 필요하다.

경계를 넘나드는 협업의 과정에서는 소통 능력이 무엇보다 중요하다. 질문도 질문 자체보다는 그 의미와 맥락에 대한 이해가 중요하듯이, 소통할 때는 소통 그 자체만 중요한 것이 아니라 정확한 자신의 의견이나 생각, 즉 자기 인식 능력 위에서 출발한다.

요즘은 객관적인 자기 인식 능력(메타인지)에 관한 이야기를 많이 하는데, 이 능력은 자기 자신을 돌아보고 또 사람들과 진지하게 소통할 때, 끊임없이 자기 조정과 이견 조율을 해 가면서 길러지는 것이다.

얼마 전 생물학자이자 『통섭』을 번역한 최재천 교수는 교육 현장에서부터 정치 현장에 이르기까지 한국인들이 가장 못하는 일이 토론이라고 말한 적이 있다. 한국인 한명 한명은 뛰어난 자질을 갖추었으나 무엇인가를 같이 해결하는 과정에서 서로 토론하면서 상대를 수용하고 동시에 자기 생각을 다듬어나가는 과정에는 매우 약하다고 지적했다. 무엇이 옳은지 What is right를 다룰 일에 누가 옳은지 Who is right에 매달려 상대 말은 들으려고 하지도 않고 자기 말만 하는 경향이 있으며 무조건 이기려 든다는 말도 한다. 그동안 그는 한국에서 토론수업을 해보려고 많은 시도를 해봤지만 결국 가장 재미없는 수업이 되어버린다는 것이다.

토론의 과정은 나보다 더 좋은 아이디어를 받아들여 이를 계속 발전시키고 쌓아가는 과정에서 성취감을 느낄 수 있고, 또 효과적으로 소통하는 법을 익히는 기회이다. 이는 다른 사람들의 의견에 귀를 기울이고, 좋은 아이디어를 받아들이고 더 나은 것으로 발전시키는 능력을 키우는 습관이다. 이런 토론의 경험은 다른 사람들과 자연스레 어울리는 시간으로서

상대를 존중하는 태도를 기르는 좋은 기회가 될 것이다.

우리에게 토론이 그리 어려운 것도 아닐 터인데 단지 기회가 많지 않아서 잘못하는 것일 뿐이라고 생각한다. 교육 현장에도 토론 형식을 다양하게 적용해 볼 필요가 있다. 또한 이런 소통 능력과 동시에 자기 인식 능력을 위하여 토론뿐만이 아니라 발표회, 글쓰기, 기록하기 등등의 여러 방식을 활용할 필요가 있다.

Collaboration: 협업 능력

앞에서도 말했듯이, 나날이 사회가 복잡해지면서 미래에는 한 분야의 일만 하기보다 각 분야의 사람들이 모여 협업할 기회가 많아진다. 협업할 때는 물론 기초나 토대가 되는 지식이나 역량이 튼튼해야 하는 것은 당연한 일이다. 나는 학생들에게 자신의 분야에서 기초 지식을 탄탄하게 쌓아야 하며, 그것을 위해서는 자신의 전공 분야에 한 번은 몰입을 해보라고 권하기도 한다.

이런 협업 형태의 특징을 나는 자동차의 쌍라이트에 비유하곤 한다. 우리가 자동차 운전을 할 때 눈앞이 예전보다 어두워졌다 싶으면 한쪽 전조등이 꺼져 있는 것을 알 수 있다. 양쪽 전조등이 한 지점에서 만났을 때, 한쪽만 비칠 때보다 훨씬 밝아진다.

경상국립대학의 경우, 우주 항공 산학관을 새로 만들고 그 분야의 연구 역량과 자체 기반 조성을 위해 여러 기관과 대학들과 함께 협업한 경험이 있다. 우리 대학 자체의 역량을 넘어서는 일이었기 때문에 어쩔 수 없었던 측면도 있었다. 이를테면 한국항공우주연구원, 한국재료연구원, 한국전기연구원, 국방 기술 진흥연구소 등 각 연구소와 KAIST, 서울대 등 한국 내 각 분야의 전문 인력들을 모두 활용하여 연구 역량을 끌어올리는 방식이다. 세상에 있는 기술들을 모아서 새로운 제품이나 상품을 만들 때 협업은 매우 중요하다. 한사람이 생각하는 것보다 다양한 배경을 가진 여러 사람이 생각하는 것이 새로운 아이디어를 얻는 데 훨씬 효과적이다.

각 분야의 전문가들이 모여 하나의 과제에 매달릴 때 훨씬 좋은 성과를 이룰 수 있다. 앞으로는 이런 협업의 기회가 많아질 것이므로 이를 잘 활용하는 능력이 필요하다. 이는 기존의 이과 문과와 같은 분과와 학문 분야, 학문의 계통을 넘나들며 보다 융, 복합적인 안목과 자질을 길러야 한다. 광범위한 독서를 비롯하여 다양한 취미활동을 통해 체험의 폭도 넓히는 것이 중요하다.

Challenge: 실패하기를 두려워하지 않는 도전 정신

인간 사회 대부분의 일에서 경쟁을 피할 수는 없다. 남과의 경쟁에서 이기는 것은 중요한 보상이며, 그 자체로도 충분한 동기부여가 되기도 한다.

사회의 축소판인 학교에서도 현실적으로 경쟁을 피하기는 힘들다. 문제는 경쟁을 받아들이고 좌절과 실패에서도 다시 도전할 수 있는 환경을 마련해주어야 한다. 도전만 장려할 것이 아니라 실패했을 때 바닥을 받쳐줄 매트를 마련해주듯 오히려 실패를 용인하고 그 속에서 무엇인가 배우는 것을 장려하는 환경을 조성해야 한다. 실패가 낙인이라기보다 실패에서 무엇을 배웠는지에 관심을 가져야만, 그것을 인정해 줄 때 도전하기를 주저하지 않을 것이다. 각종 시뮬레이션, 게임, 토론, 역사적 사례 등을 활용한 실패를 통해 배우는 프로그램을 개발할 필요가 있다고 본다.

사람도 실패를 통하여 성장한다. 수많은 실패를 통하여 자신을 끊임없이 수정해 가면서 성공 확률을 높일 수 있다. 실패를 두려워하면 아무것도 할 수 없다.

한때 구글에서는 사원을 모집할 때 사업에 실패한 경력도 우대한다는 이야기가 있었다. 실패의 경험을 자산으로 여긴다는 말이다. 실패라는 결과에 치중하기보다 실패를 성공으로 더 다가가기 위한 과정이며, 한 사람의 실패 경험은 다른 사람들에게 참고할 만한 지표가 하나 더 생긴 것이라고 인정을 해주는 인식의 전환이 필요하다.

우리 경상국립대학교에는 삼성 디스플레이 올레드센터가 있다. 거점국립대로서는 유일한 사례인데 이걸 만드는 계기가 내가 맡게 된 재료 연구에서 비롯된 것으로, 10년 이상 산학 협력 연구를 해오고 있다. 이처럼 규모가 큰 연구 사업을 맡아 하다 보면 연구 결과가 잘 나오지 않을 때가 있다. 그럴 때면 밤에 잠이 오지 않을 정도로 고민하게 된다. 실제로 연구가 실패로 끝나는 경우도 많다. 대기업들의 연구를 맡아서 오랫동안 일해본 경험으로 큰 기업들은 실패를 두려워하지 않고 과감하게 도전한다는 것이다. 우리가 하는 대부분의 시도는 실패하기 마련이다. 그것을 당연하게 받아들이고 계속 연구하고 방법을 찾고 다시 시도하게 만드는 것이 중요하다. 하물며 연구나 사업이 그런데 학교 진학의 실패를 인생 전체의 실패로 규정짓는 우를 범하지 않았으면 좋겠다.

한편, 대학에서 만나는 우리 젊은이들의 현실은 녹록하지 않다. 실패를 용인하지 않는 사회 분위기 때문인지 패배적인 경향을 보이며 때로는 스스로 한계를 지워놓고 도전하려 하지 않으려는 경향이 있다. 아무리 확률이 높아도 시도하지 않으면 소용이 없다. 실패해도 밑져야 본전이지 않는가.

도전해보지 않으면 자신의 한계를 알 수 없다.

아마존 물고기 중에는 크기가 2미터까지 크는 물고기가 있는데 작은 어항에서 키우면 그 환경에 맞추어 아주 작게 큰다고 한다. 자기 몸의 70배까지는 뛰는 벼룩도 높이가 낮은 통 속에 넣어놓으면 딱 그 높이까지 밖에 뛰지 못한다는 실험도 있다.

이처럼 도전해보지 않고는 자신의 한계를 알 수가 없다. 평소 시도하길 두려워할 때면 나는 늘 옆에서 말해주곤 한다.

"시도라도 하면 50%의 성공 확률, 아무것도 하지 않으면 성공 확률은 0%"

Compathy, Cognitive Empathy: 공감 능력

공감 능력은 일종의 사회성 지수이다. 인공지능의 출현으로 앞으로 이 부분이 특히 중요해지리라 본다. 그동안 지능지수와 관련된 능력 위주의 엘리트들을 우대해 주는 사회였는데, 앞으로 인공지능이 대체할 가능성이 높은 분야가 감성과 공감 능력 부분일 것이라 생각한다.

인간의 지능은 단순히 말이나 글로 이루어진 지식의 영역만으로 이루어지지 않는다. 인간은 상상하고, 감응하고, 그리고 온몸으로 체득한다. 언어로 사고하지만, 한눈에 파악하는 통찰력과 감응력도 있다.

염화미소拈華微笑라는 말이 있다.

어느 날 영산에서 열린 법회에서 석가모니가 아무 말 없이 연꽃 한 송이를 집어 들어 보이자 다른 제자들은 무슨 뜻인지 영문을 몰랐는데 오직 제자 가섭迦葉만이 그 뜻을 알고 빙긋이 미소 지었다고 한다. 연꽃은 진흙 속에서 살지만, 진흙에 묻히지 않고 꽃을 피우듯 불자들도 세속에 물들지 않아야 한다는 뜻이었다고 한다.

그런 가섭에게 석가는 언어를 통하지 않고不立文字 教外別傳 마음으로 전하는以心傳心 불법의 진수를 전해주었다고 한다.

이런 상태의 교감과 지식 전수의 예를 보면 인간은 인공지능과는 완전히 다른 방식으로도 교감이 가능하다는 것을 눈치챌 수 있다. 인공지능은 데이터를 언어화한 방식으로 인간과 소통하고 있다. 이런 부분이 앞으로 많은 면에서 인공지능과 인간이 서로 협력할 수 있을 것으로 예측된다. 인간은 사실에 바탕 두지 않고 상상하고 통찰하지만, 사람들은 인공지능에 상상력을 기대하기보다는 데이터의 정확성을 기대한다. 이런 면에서 인공지능과 인간이 서로 다른 길을 걸으며 보완관계에 놓일 수도 있을 것이다.

이처럼 인간에게는 공통으로 체험한 사회적 경험을 통해서 언어를 통하지 않고 서로 교감하는 것이 가능하다. 어린 시절에는 골목 놀이 같은 여러 가지 놀이 체험을 통해 공동체의 규칙을 배우고 사회성을 길러왔다. 그러나 현시대에는 이 부분이 많이 약화 되었다. 사람들과 어울려 무엇인가를 같이 해보며 작은 성공과 실패를 경험해 보는 것은 아주 중요하다. 그런 체험을 통해 동질감과 소속감, 공동체의 규율을 배운다.

사람들과 어울릴 기회가 적은 젊은 세대들은 정신적으로도 고립감에 시달린다. 학교에서 다양한 문화 체험활동과 스포츠나 예술 활동을 강화하고 토론이나 프로젝트형의 팀 단위 수업을 통해 소통과 교감의 시간을 많이 가지게 했으면 한다.

인간관계의 연결망을 복원하여, 공감 능력과 공동체 정신을 키우고, 또한 공동체를 위한 희생, 기부와 봉사, 책임감을 키웠으면 한다. 봉사 정신은 타인에게도 이롭지만, 자신에게도 도움이 된다. 베푸는 삶은 남에게 도움을 주었다는 자긍심과 자신감을 주기 때문이다.

출구 없는 미로
NO EXIT
마약
절대 시작하지 마세요
GNU 경상국립대학교
GNU
Gyeongsang National University
경상국립대학교

마약퇴치 릴레이 참여

학교 안팎의 도전과 실험,
다양한 형태의 교육이 필요하다

얼마 전 『관심 끄기의 기술 The Subtle Art of Not Giving a F*ck』이라는 책을 쓴 작가이자 크리에이터인 마크 맨슨 Mark Manson이 '세상에서 가장 우울한 나라'라며 우리나라를 방문했다. 그 원인은 경쟁이 주원인인데, 경쟁도 한국적 특이한 형태를 보인다고 했다. 이미 잘하고 있는 것을 더 잘하도록 강요하고, 최고의 결과를 위해 전부 아니면 아무것도 없는 승자독식의 경쟁 형태와 감시에 가까운 팀 위주의 단체 합숙 같은 훈련 과정을 꼽았다. 특히 그는 우리나라의 교육제도에 대해서는 "세상에서 가장 잔인한 제도"라고 말한다. 6~7세 아이들마저 사교육에 떠밀려 밤까지 영어학원을 다니는 것을 보고 한 말이다.

요즘 젊은 2~30대들은 서울 강남 대치동 등을 바라보며 학원으로 대표되는 사교육의 혜택을 받지 못한 것에서 상대적 박탈감을 느끼는 듯하다.

이미 오래전부터 학교 안의 성적순에 따른 서열과 등급이 사회 밖에서도 작동한다. 19세 때까지의 성적으로 엘리트들이 자신들만의 성역을 쌓고 계급화되어 간다고 생각하며 이들을 바라보는, 대다수 사람은 알 수 없는 패배감을 느낀다. 사회에서의 성취 자체를 인정하기보다 학창 시절의 등급이 차별의 한 요인으로 작동하는 것이다.

대학교에서도 이런 좌절감과 소외감, 이유 없는 열등감에 시달리는 학생들을 많이 볼 수 있었다. 또한 인터넷망 속에서 오랫동안 살다 온 요즘의 젊은 사람들은 다른 사람들과 잘 어울리려 하지 않으며 지나치게 인간관계에 스트레스를 받는다.

교사들도 과도한 업무와 낮아진 교권으로 자부심 대신 자괴감을 느끼는 사례를 많이 볼 수 있다.

학부모 또한 자기 자식이 조금이라도 불공평한 대우를 받지 않는지, 공교육의 공정성에 대한 불신을 보인다. 흔히 우스갯소리로 우리나라 학부모들은 교육에 관한 한 저마다 전문가들이라고 한다. 그만큼 자녀 교육에 관심이 많을뿐더러 학교 시스템이 경쟁적이라는 말이다. 그러면서도 한국 학부모들은 그동안 우리나라 교육제도가 그리도 많이 바뀌었어도 자신들이 다니던 30여 년 전과 별로 달라진 것이 없다는 사실에 절망하기도 한다.

이 모든 것은 학교가 지나치게 과도한 기대와 경쟁적인 장소가 되어 있기 때문이라는 생각이 들어 안타깝다.

우리 교육의 내용이나 형태는 아직도 개발도상국 시절에 형성된 "대량 생산, 대량 공급"에 맞추어진 교육 시스템을 가지고 있다. 이를 다른 말로 하면 "빨리", 그리고 "많이"다. 빨리는 선행 학습으로 나타나고 많이는 아주 많은 시간을 투입하여 많은 부분을 공부하고 또 기억하는 것을 평가받는 지식 그 자체보다 자료를 제대로 분류하고 비판하여 이를 잘 활용하는 능력을 키우는 것이 유리하다. 또한 인공지능의 데이터가 정확한지 알아볼 수가 있어야 한다. 그래서 이에 맞는 교육이 따라야 한다고 말하기도 한다.

지금은 학령인구 자체도 줄어들고 또 AI와 인터넷 기반의 교육 시스템 환경이 좋아져서 학생 한명 한명에 맞춘 맞춤교육이 가능한 기술적 여건에는 도달했다. 또한 지식 내용과 기술이 너무 빨리 변하고 있어서 학령기가 따로 정해져 있지도 않다. 시대 변화에 맞추어 직업의 판도가 달라지고 있어서, 요즘 사람들은 나이와 관계없이 언제든지 재 교육받아야만 한다.

이런 사정은 교육 현장 일선에 있는 교사들도 마찬가지다.

자주 바뀌는 교육 환경 때문에 교사들도 지속으로 교육을 다시 받아야 한다. 우리는 시대에 맞는 지식을 배워서 학생들을 더 잘 가르치고자 하는 선생님들을 지원해 줄 수 있어야 할 것이다.

이처럼 더 이상 따로 정해진 배움의 시기와 학생이 있는 것이 아니라 언제 어느 때든 원할 때 교육이 이루어지는 시대이다.

언제 어디서든 온라인 플랫폼을 통해 프로그램화된 교육을 받을 수 있고 또 이것을 학점으로 인정받도록 더욱 정교하게, 또 수요자와 맞는 시스템을 갖춰가야 할 것이다.

또한 학교 교육은 무엇보다 단순한 학습의 장이 아닌 공동체 교육과 협동, 교감 등 온라인 교육과는 차이가 있는 교육의 모든 것이 이루어지는 생활의 장소가 되어야 할 것이다. 삶이 있는 교육 말이다.

실행의 핵심은
신뢰와 지속성

고등교육 분야에 오랫동안 일하면서, 내게는 하고 싶은 일이 있다.

그동안 쌓아온 경험이 고등교육과 산업기술 연구와 교육행정을 다 아우르고 있어서 다른 사람들보다 더 많은 현장과 복잡한 현실을 다루어왔고 또 그에 따른 남다른 문제의식도 동시에 느끼고 있다.

사람들은 보통 자신의 주변 위주로 살피는 공간적 한계를 가지고 있는데, 여러 분야의 일을 함으로써 나의 시각이 조금 더 입체적일 수 있다고 생각한다. 많은 일들에는 보이지 않는 장애물도 많다. 그런데 다른 사람들이 생각지 못한 요소들이 보이고 또 어떻게 하면 잘 되는지가 훤히 보일 때가 있다.

이 시점에서 내가 가장 걱정하는 것은, 경남의 교육 상황이 그리 좋지 않다는 것이다.

이는 우리 사회 전체가 안고 있는 문제이기는 하지만, 경남의 경우 지속적으로 인구가 유출되고 있는 지역으로 덩달아 학력까지 저하되는 상황이라 이대로 두면 중등, 고등교육 기관들의 존립뿐만 아니라 교육의 불모지로 전락하여 학부모로부터 기피 지역이 되지나 않을까 걱정이다.

지방으로 내려온 공기관의 직원들도 자신들의 학령기 아동들의 교육을 위해 일정한 나이가 되면 수도권으로 이사를 하거나, 기러기 아빠가 되어 가족들을 떠나보내기도 한다. 그들을 수도권에 빼앗기지 않고 경남 내에서도 좋은 교육을 해 줄 학교들이 필요하다. 그러므로 유능한 행정력이 필요하다.

대학 총장으로 지내면서 나는 중앙부처의 여러 기관이나 사람들과 접촉할 기회가 많았고, 또 이쪽의 요구를 관철해 본 경험도 많다. 이를테면 우주항공청을 경남 사천시에 설치하는 일로 1인 시위도 해보고 국회를 찾아가 제안도 하고 설득도 하여 우리 경남 쪽으로 끌어올 수가 있는 계기를 마련하기도 하였다.

경상국립대 총장으로 2번이나 선출되어 경상대와 경남과학기술대, 두 대학을 통합하고, 지역거점의 명문대로서의 위상을 갖추는 데 일조한 경험도 있다. 또한 교육부, 과학기술정보통신부(과기부), 산업통상자원부(산자부), 정부 부처의 정책 수립, 자문, 기획, 사업 평가 등 여러 일에 참여한 경험이 있다.

나는 이런 행정 경험을 통해 누구보다 경남 지역의 학교들을 특징 있고 매력적인 교육기관으로 탈바꿈시켜서 학령기 아동들의 유출을 막고 오히려 공부하러 오고 싶은 지역으로 만드는 것이 꿈이다.

그래서 이런 교육 혁신을 통해 지역의 한계에 갇힌 경남의 교육 문제를 해결하고 이 경험을 토대로 대한민국 전체의 문제를 해결하고 싶다고 열망하고 있다.

더더구나 지금은 인구 변화와 그에 따른 경제적 요소들의 변화를 반영한 우리 사회 전반의 변화와 재구성의 필요성이 대두되고 있는 시기다. 이런 변화의 시기에는 여러 갈등 양상이 동시에 분출하기 때문에 이를 잘 조정하고 아울러야 할 것이다.

때로는 비난받을 각오와 용기도 필요하다.

무엇인가를 실행하려 할 때, 그에 반하거나 소외되는 이익집단이 반드시 있기 마련이다. 모두에게 다 좋은 일이란 아쉽게도 없다. 누군가는 양보해야 하거나 기다려야 할 때도 있다. 신중하게 충분히 검토한 후 선후를 따져 실행하고, 또 한 번 실행한 것은 상당한 기간 지속하여 신뢰를 얻기 위해 노력해야 한다.

사람들은 가끔 나를 이공계 출신의 총장으로 생각했다가, 문과적 지식도 있어서 놀랍다는 반응을 보이기도 한다.

나에게는 경남의 정신적 뿌리인 남명 선생의 정신과 K-기업가 정신이라는 인문학적 토대를 통해 경남 지역 사람들에게 자부심을 주고 또한 현재로 끌어와 창업자 정신을 일깨워 창업 도시로 만들고자 하는 목표가 있다. 개척과 도전 정신으로 끊임없는 시도를 하니, 결국 이루어지더라는 전례를 만들어 각 분야의 개척자, 혹은 창업자들에게 힘이 되기를 희망한다.

한국은 문화 사업이 나날이 번창하고 있다. 이 덕분에 한국의 전반적인 이미지가 좋아져 한국 자체가 브랜드가 되고 있다. 그럼에도 앞으로 미래를 생각하면 이공계 교육도 매우 중요하다. 한 나라의 경제에서 기술과 생산력은 기본 중의 기본이다. 미국조차도 이 능력을 다시 가져가기 위해 온갖 무리수를 쓰고 있는 것을 볼 수 있다.

더더구나 대학 교육이 꼭 해주어야만 하는 중요한 부분 중 하나가 실력 있는 인재들을 산업 현장에 보낼 수 있어야 한다는 것이다. 산업을 일으켜 미래의 먹거리를 만드는 데 고등교육의 역할이 크다. 그래서 나 역시 산업 연구와 교육행정 전문가로서 지역 산업 발전에 맞는 교육 환경을 조성하기 위해 그동안 꾸준히 노력해 왔다.

사람들의 마음과 의지를 한 곳으로 끌어모아 힘써서 일해본 결과 열심히 애써서 하면 사람들도 이에 호응한다는 사실을 확인할 수 있었다.

K-기업가 정신,
미래의 싹을 키워 지역 공동체를 살린다

얼마 전 문형배 헌법재판관이 김장하 선생의 장학금 덕분에 공부를 계속할 수 있었다고 밝혔다. 이를 계기로 다시 한번 김장하 선생의 따듯한 선행이 사람들에게 알려졌다. 오래전부터 진주 지역에는 김장하 선생의 선행이 알려져 이를 다룬 다큐멘터리가 상영되기도 하였다. 그분을 취재한 김주완 기자는 그를 "아름다운 부자"라고 칭했는데 딱 맞는 말이라고 생각한다. 남성 김장하 선생의 선행은 '줬으면 그만이지'라고 하면서 받는 사람들의 뒤는 묻지 않기로도, 또한 장학금을 받은 사람에 관해 밝히지 않는 것으로도 유명하다.

선생은 장학금만이 아니라 생활비, 대학교 입학금, 대학원 석사과정 등록금 등 여러 방면을 지원하기도 하였다. 개인적 장학금뿐만 아니라 진주 지역의 교육, 언론, 여성, 환경, 문화 등 다양한 사회단체들에도 지원하였다.

이런 김장하 선생의 남성당한약방 벽면에는 사무사思無邪(생각에 삿됨이 없다)라는 글귀가 적혀있다. 생각조차 그릇됨이 있어서는 안 된다는 자기 수양의 경지를 느낄 수 있어서 반가웠다. 김장하 선생의 1998년 경상국립대 최고 관리자 과정의 논문에서는 "진주 정신"에 대해 논했는데, 주체 정신, 호의 정신, 평등 정신을 그 정신으로 꼽았다.

사실 우리 지역에는 김장하 선생뿐만 아니라 예전부터 후대를 키우고자 돈을 아낌없이 쾌척하신 분들이 유난히 많다.

일제 강점기 때 독립자금을 대어주고 형평운동을 후원한 허만정 선생은 구인회 회장과 함께 현 LG그룹의 공동 창업자이기도 하다. 이분은 1925년 논밭 600두락을 내놓으며 진주 일신 고등보통학교(현 진주여자고등학교)를 설립하는 데 힘썼다. 이는 허만정의 아버지인 허준의 뜻이었다.

또한 허만정 선생의 다섯째 아들인 허완구 승산 회장은 1986년부터 33년 동안 1천 명에게 장학금을 지원하고 지금의 진주여고에 기금을 주어 학교를 현대화하는 데 도움을 주었다. 이 외에도 서울대학교 의과대학과 병원, 국립현대미술관, 국립중앙박물관에도 다양한 기부활동을 했다고 알려져 있다. 미국 오리건주립대학 박물관에 한국실을 기증하기도 했다.

그는 생전에 '정말로 열심히, 부지런히, 노력하여 정당하게 돈을 벌어야 한다. 그리고 그렇게 번 돈은 정의로운 일에는 아끼지 말고, 사용하여야 한다'라고 말하기도 했다.

또한 효주 허만정 선생의 외손자인 이헌조 전 LG전자 회장은 실시학사, 전통문화 연구 기금을 내기도 하였다.

이처럼 LG가의 사람들은 몇 대에 걸쳐 대를 이어 우리 지역과 나라의 인재를 양성하는 자금을 대어주었다.

이런 공동체를 위한 실천적 전통은 지신정止愼亭 허준許駿, 1844~1902의 다음과 같은 7가지 실천 항목에서도 그 정신을 확인할 수 있다.

① 스스로에게 가장 엄격한 가르침은 얼음처럼 투명한 자신의 마음에서 찾아야 한다.

② 한 조각의 자투리 종이조차 낭비하지 않을 만큼 근검하게 생활하라.

③ 재물은 반드시 올바른 일에 쓰여야 한다는 신념을 버리지 말아라.

④ 재산은 가난하게 사는 종친과 마을 주민들을 위해 의연금으로 사용하라.

⑤ 재산은 나라에는 군자금을 기탁하고, 교육을 위해 학당을 세우는 공익사업에 지원하라.

⑥ 하늘과 땅 사이 수많고 많은 것 중 사람이 가장 고귀한 것은 삼강과 오륜이 있기 때문이니 잘 준수하라.

⑦ 모든 일에는 그칠 곳을 알아야 하고, 일은 신중하게 처신하여야 한다.

이윤을 추구하는 기업을 통해 그 이익을 공동체를 위해 나누고 후학을 기르기 위해 애쓰는 기업가의 정신을 우리 또한 잘 이어받아 후세에 남겨야 할 것이다.

그래서 이를 경남 지역 학교 교육과정에 반영하기 위하여 2023년에는 '초 · 중 · 고 기업가 정신 교육 프로그램 개발 및 교과서 반영'을 추진하기 위해 진주시와 경제 교육단체 협의회가 나서기도 했다.

미국의 경우, 1940년 후반부터 하버드대, 매사추세츠 공대MIT 등에서 기업가 정신 교육을 시작하였고, 현재는 미국 중.고등 학생도 교육을 받고 있다.

유럽 또한 1987년 유럽 기업가 정신 재단이 설립되어 계속 이어 오다 2000년 이후에는 초중등 학생의 기업가 정신 교육이 의무화되었다.

우리 경남 지역 역시 한국의 대기업 창업자가 유난히 많이 배출된 지역이다. 이 기업가들은 개척자적인 창업 정신과 실용주의에 바탕을 두고 있으며, 특히 경남 진주권 출신 1세대 기업가들은 창업 정신과, 강한 도전 정신, 인재 육성, 기술 자립, 국가 경제 발전에 기여 등을 중시하였는데, 요즘은 인화人和, 정도경영, 소통과 화합, 국가와 지역사회에 기부 문화까지 사회 전반에 선한 영향력을 끼치고 있다.

산학 협력단과 창업 기반을 조성하는 일을 담당하던 나로서는 한국 기업과 그 창업 정신에 자연스레 관심을 가지게 되었다.

나는 이 속에서 4차 산업 시대까지 연결될 수 있는 중요한 덕목으로 자기 수양과 실천정신, 비판적 사고와 다르게 생각하기, 소통과 협력 정신, 도전 정신, 그리고 공감 능력과 이타 정신으로 압축하여 설정하고 이를 4차 산업혁명에 필요한 기본 소양으로서 K-기업가정신으로 정리하였다.

이렇게 개개의 기업을 비롯한 우리 산업계 기저에 면면히 흐르고 있는,

글로벌 K-기업가 정신 포럼 기조연설

한국적 개척자들, 한국형 기업 정신을 발견하고, 또 그것을 잘 연구하여 발전시키고 교과에 반영하여 학생들을 가르치도록 노력하고 있다.

그래서 과거의 경의사상과 임진왜란 등 국가 위기의 상황에서 나라를 구한 남명의 정신이 오늘날 K-기업가정신으로, 또, 미래 4차 산업혁명 시대에 기본 소양으로 면면히 이어지길 기대한다.

인간다운 인간,
과거에서 가져오고 싶은 경敬과 의義

진정한 지도자는 연대와 책임, 공동체 정신 위에서 출발한다. 공동체가 살아있는 그런 사회를 만들기 위한 노력과 실천이 곧 교육이다.

한동안 정치적 리더가 없는 혼란한 상황 속에서 몇몇 엘리트들 때문에 우리나라 교육이 다시 욕을 먹고 있다. 이 엘리트들에 대한 비판은 우리나라에만 있는 게 아닌지, 『공부의 배신』이란 책에서 윌리엄 데레저위츠 William Deresiewicz 『Excellent Sheep: The Miseducation of the American Elite and the Way to a Meaningful Life』(2014)는 미국 하버드, 예일, 프린스턴 등의 명문대를 나온 엘리트들은 "아무 생각이 없는 사람들"이라고 말한다. 그는 자기 체험을 통해서 엘리트 교육을 받은 이들은 비판적 사고보다는 체제 순응적이며, 실패를 두려워하고, 성공 추구와 경력 쌓는 데만 치중해서 경험의 의미와 삶의 방향을 몰라 공허해한다고 지적했다. 또한, 엘리트 교육은 기득권 체제에 순응하고, 말 잘 듣는 리더, 혹은 기득권을 지키는 문지기를 양산한다고 비판한다.

우리나라도 이와 다르지 않기에 엘리트들이 이기심과 특권의식으로 뭉쳐져 있다고 비판받고 있다. 이는 정도의 차이는 있지만, 어느 한 나라 교육의 문제라기보다는 현대 교육의 특징 때문에 나타나는 현상으로 보인다.

근대 교육 이전까지만 하더라도 한국의 전통 교육은 유교에 바탕을 둔 인간됨과 지도자가 갖추어야 할 덕목을 주로 가르쳤다.

"우물에 빠진 아이 구하기" 논쟁에서 비롯된 인간에 내재한 선한 마음, 측은지심 惻隱之心을 키우고 마음을 닦는 것을 맹자는 가르침의 목적으로 삼았다. 서양의 루소의 경우도 이와 비슷한 견해였으며, 또 여러 사회 실험을 통해, 자기희생적 공동체가 원시시대에는 살아남기 유리했을 거라는 연구 결과를 제시하기도 한다.

오늘날에는 불쌍히 여기는 마음, 즉 이타적인 공감력을 기르는 것을 공부라고는 생각하지 않는다. 착한 인간보다는 유능한 인간이어야 하고, 도덕적이기보다는 사회 적응력과 문제해결이 중요하며, 윤리책보다는 직업에 맞는 실용적인 지식과 기술 적응력, 경제적 생산성을 중요시한다. 결국 현대 교육은 도덕적 완성보다는 직업적 전문가, 기술과 경제 생산성을 한 단계 끌어올리는 역할(에릭 브린욜프슨 Erik Brynjolfsson, MIT 슬론 경영대학원 교수, 디지털 경제 전문가)을 위한 교육을 한다.

교육을 잘 받은 엘리트들이 극도의 개인주의와 출세 지향적 성향을 보이는 것은 공동체보다는 개인의 행복 추구에, 연대와 책임보다는 개인의 자유가 강조되기 때문이다.

전 세계가 다 그렇지는 않지만, 대부분의 민주주의 국가에서는 개인의 권리와 행복과 자유를 중요하게 여긴다. 교육 또한 자유와 책임을 가진 민주시민으로서 갖춰야 할 덕목과 자질을 키우는 것을 강조하고 있다. 물론 직업과 사회 적응을 위해 진로 탐색의 기능도 아주 중요하다. 이 둘의 균형이 중요한데 현실적으로는 후자에 비중을 두는 나머지 전자의 교육이 약화 되어 일어난 현상이라고 생각한다.

엘리트주의의 폐해, 즉 무비판적인 순응과 인간 삶에 대한 의미의 상실에서 벗어나려면 자기성찰과 비판적 사고가 필요하다. 자기 삶을 해석하고 또 소통하는 법을 배우고, 비판적 사고와 사회적 책임을 배울 수 있도록 해야 한다.

이런 의미에서, 즉 자기성찰과 비판적 사고는 남명의 말로 환원하면 자기성찰이 곧 경敬이요 비판 의식이 곧 의義에 해당한다.

오늘날 우리의 엘리트 교육이 사회 체제에 대한 높은 적응력과 경제적 생산에 직결된 기술과 능력 위주의 교육이라면 보충해야 할 부분이 이 자아 성찰과 비판의식이 아닌가 한다. 수레의 바퀴가 양쪽이 다 있어야 하듯, 교육 또한 그 균형 위에서 굴러가는 것이다.

우리가 흔히 하는 말로 "어제보다 더 나은 나"란 말이 있다. 우린 스스로가 어제의 나보다 더 나은 내일의 내가 되길 원한다. 우리 안에 나날이 나아가려 하는 힘이 있는 것이다. 그것을 잘 끌어내어 주는 것이 교육이 할 일이라고 생각한다.

그럼에도 교육이란 옆에서 도울 뿐, 배우는 것은 스스로 하는 것이다. 박인의 『조식언행록』에 따르면, 남명 조식 또한 "배우는 학생들에게 경서에 대하여 열심히 말하고 설명한 적이 없으며", 단지 "배우는 유생들이 자신에게 있었던 일을 돌이켜보고 스스로 터득하도록 했을 뿐"이라고 한다.

교육 현장에서는 때에 맞게 배우려고 하는 힘을 돋우어주는 일이 중요하다. 나는 이것을 동기부여라고 하는데, 학생은 안에서 배우려고 애쓰고 교육자는 바깥에서 이를 북돋아 주어야 한다. 이런 형태의 교육을 나는 최고의 교육 방법이라고 생각해 왔고, 동기부여, 줄탁동시 啐啄同時 라고 표현하곤 한다.

"단 한 순간도 배우는 것을 지겨워한 적 없었고, 다른 사람을 가르치는 일에도 피곤한 적이 없었다"고 주자는 말했다. 주자는 자신이 거쳐 간 곳마다 서원 書院 을 세우고 제자를 길렀다. 주자학은 사실 교육의 학문이기도 하다.

남명 조식은 사람마다 "터득하여 얻는 힘이 깊은 경우도 있고, 얕은 경우도 있는 것은, 구하는 자세가 어떤가?"에 달려있다고 하였는데, 이는 배우려는 간절함이 있어야 한다는 말이다. 공부를 잘하고 못하고는 "오로지 구하려는 노력이 정성스러운가, 정성스럽지 않은가에 달려 있다"고 했다.

공부 잘하는 비법이 만약 따로 있다면, 먼저 공부하려는 마음이 있어야 하고, 그다음은 절실해야 한다는 것을 대부분의 사람은 경험으로 알고 있다.

어떻게 하면 스스로 배우게 할까? 이것이 사실 교육자들의 고민이다. 어떻게 상황에 맞게 동기부여를 할까 궁리하게 된다. 나 또한 대학에 있으면서 이것에 대해 많은 말들을 했다. 평범한 학생이라도 스스로에게 동기부여만 할 수 있다면 세계적인 학자나 기술자가 될 수 있다.

조식 선생이 후학들에게 남긴 말을 옮겨보고자 한다.

믿음과 근면함으로
삿됨을 막고 정성을 다하여
우뚝 솟은 산처럼
넓고 깊은 연못처럼
영화로운 봄처럼 빛나고 빛나라

庸信庸謹 閑邪存誠 岳立淵中 燁燁春榮

5부

연결을 꿈꾸다

우뚝 솟은 산악처럼   넓고 깊은 연못처럼

岳　立　淵　中

사람과의 연결

학문으로 연결된다는 것

결국, 사람이다

지리산 천왕봉

사람과의 연결

대학에 있어 보면 의외로 우리 젊은이들이 사람들과의 관계를 몹시 어려워한다는 것을 알 수 있다.

어려서부터 친구들과 모여 어울리는 경험이 갈수록 적어지고, 인터넷의 발달로 직접 만나 소통하기보다는 온라인에서 짧은 대화나 업무도 흔해지는 환경 때문에 사람들과 직접 만나는 것 자체를 부담스럽게 느끼는 경향이 있다. 익명성과 가상에 바탕을 둔 온라인상에서의 관계는 훨씬 휘발성 있고 소비적이다. 예의와 책임이 따르는 현실 세계의 인간관계는 몹시 복잡 미묘한 문화적 맥락 위에서 시간을 두고 경험을 공유하며 천천히 쌓아가는 것이라 어렵게 느껴질 수 있다.

요즘 사람들은 중요하지 않다고 생각하는 일과 사람과의 관계에 대해 시간과 에너지를 쓰려하지 않는다. 예전과는 달리 너무 많은 정보, 영상, 음악 등등 소비할 것들이 주어지기 때문에 감정적, 시간적 소비 여력이 없다. 정보와 지식은 더 이상 구하기 어려운 것은 아니다. 오히려 너무 많아서 상대적 빈곤에 시달리는 듯하다.

그래선지 요즘 사람들은 같이 무엇인가를 하기보다 혼자 있기를 즐긴다. 이런 자발적인 고립은 자칫 사회적인 균형감각을 잃을 수도 있다.

나는 교육 현장에서 이런 고립적 인간관계와 자기 한계와 틀을 좀처럼 벗어나지 않으려 하는 것이 늘 아쉬웠다. 교육이 하는 일이 자신의 능력을 이끌고 발휘하게도 하지만 사회 적응을 돕고 사회에 기여할 수 있도록 양성하는 일이기에 더욱 관심을 가질 수밖에 없었다.

그래서 어떻게 하면, 학교에 머물러 있는 시간 동안만이라도 믿을 수 있는 사람들을 만나 사람과의 관계에서 공감과 지혜를 끌어낼 수 있을까, 생각하게 된다. 무엇인가에 도전해서 성취를 해본 사람이나, 실패와 좌절 속에서도 배울 것이 있는 사람, 세상에 대한 신뢰를 잃지 않은 따뜻한 사람을 찾아서 젊은 학생들과 연결해 줄 수 있을까 고민하곤 한다. 이런 이유로 나 또한 열심히 귀를 열고 각계각층의 사람들을 만나게 된다.

상처를 치유하는 상담도 중요하지만, 가끔 멈추고 자기 점검해 보는 사람들에게도 격려가 필요하다. 산이나 길을 같이 걸으며 경험자와 자연스럽게 대화를 나누다 보면 하는 일에 동기부여도 되고 좋은 추억도 되리라 생각한다. 사소한 한마디의 격려에도 포기하지 않고 다시 도전할 힘이 생긴다는 것을 그동안의 내 경험에서도 알 수 있었다.

예를 들면 제주대에는 '제주 올레길과 자아성찰'이라고 하는 교과목이 있다.

　제주 도지사, 제주대 총장이나 연구원장 등 제주의 유력 인사들과 학생들이 멘토-멘티 관계처럼 올레길을 오르면서 인생과 진로 · 취업에 관해 상담도 하고 자신을 깊이 이해하는 시간을 갖는 수업이다. 작년부터 했는데 반응이 좋아 시간을 더 늘릴 계획이라고 한다. 이런 좋은 아이디어를 우리 지역에도 적용하여, 지리산 대원사, 해인사 소리길이나 양산 통도사, 섬진강 길, 이순신 길, 남명 순례길 등 우리 지역에 있는 이 길을 사람들이 서로 만나는 길로 삼았으면 한다. 초등학교부터 중고등학생 같은 경우는 자신들의 지역 근처의 둘레 길부터 시작해도 좋을 듯하다. 전통적 아날로그식 교육으로 사람과의 만남과 대화로 이루어지는 교육 방식이다. 자연과 교감, 멘토와의 대화 그리고 개인에게 맞는 조언이 갖추어져야 할 것이다.

　고 김우중 대우 회장은 "세상은 넓고 할 일은 많다"고 했지만, 나는 "세상은 넓고 배울 사람은 많다."라고 말하곤 한다.

　요즘은 사람들을 통해 배우는 것이 많다는 사실이 새삼 놀랍고 또 즐겁다. 그들에게서 주로 삶의 자세를 배우게 된다.

　한여름 무더위와 영하 20도의 날씨도 마다하지 않고 지리산을 무려 770여 번 올랐다는 수필가 정동호 전 하동 농촌지도소 소장님은 한여름에 지리산을 오르시며 나에게 "천왕봉에 오르는 것이 피서"라고 하면서 100m를 오를 때마다 0.6℃ 낮아지기 때문이라고 말해주었다. 또 고성에서 3,000평의 골드키위 농사를 하시는 권정호 전 경남교육감, 86세의 나이가 무색하게 초등학생처럼 반짝이는 눈빛으로 색깔에 대해 궁금해하시던 양산 통도사 종정 스님 등 둘레길 찾으러 왔다가 사람을 만나고 가는 길은 감탄의 연속이었다.

구불구불한 산길, 아름다운 야생화가 피어 봄이 특히 아름다운 통도사를 들를 일이 있으면, 서운암에 한 번 들러보시라 권하고 싶다. 통도사 뒤 산길을 1.5Km 더 올라가면 있는 서운암 장경각藏經閣에는 불교 경전을 새긴 도자기 경판이 16만 장이나 보존되어 있다. 해인사, 하면 팔만대장경인데, 서운암 16만 경이라고나 할까. 도자기로 만들다 보니 16만 판 경이 되었다.

불교의 이야기는 경전에 들었고, 나는 사람을 만났다.

양산 통도사 성파性坡스님은 불교계 최고 정신적 지도자인 대한불교조계종의 제15대 종정宗正이다.

1939년 합천에서 태어나 1960년 통도사로 출가한 이래 평생을 경남에서 살아오셨다. 10대 때부터 서예에 심취한 인연으로 고려시대의 경전에 쓰이던 감지紺紙, 검은빛이 도는 종이에 푹 빠져서 이것을 재현하기 위해 노력하였는데, 한지에다 쪽물을 들여서 이를 재현할 수 있었다. 스님은 전통 천연염색과 옻칠에도 관심이 많았다.

1991년 이래 스님은 민족 통일을 기원하며 도자기 경전을 굽기 위해 제자 5명과 기술자 20명과 함께 밤낮없이 6개의 가마를 24시간 돌렸다고 한다. 900도의 불에 초벌구이한 도자기에 팔만대장경 영인본을 실크스크린 기법으로 새겨서 거기에다 유약을 입혀서 이것을 다시 1,200도의 불에 구

위내었다. 그런 작업을 10년 가까이 한끝에 2000년 9월에 도자기 대장경이 완성되었다. 현존하는 팔만대장경을 도자陶瓷 기법으로 하여, 인쇄보다는 열람을 목적으로 만들었다.

그것으로 끝이 아니라 그것을 보관할 장경각을 만들었는데, 해인사 팔만대장경을 보관하는 대장경판전과 같은 구조로 지었다. 900㎡ 크기의 장경각은 건물의 앞면과 뒷면에 대류현상을 이용했고, 건물의 부식을 막기 위해 건물 전체에 옻칠을 했다. 장경각을 건축하는 데도 10여 년의 시간이 걸려 2012년에야 완성이 되었다. 모두 22년이라는 시간이 걸렸다.

스님을 처음 뵌 날 빛과 색에 관한 기본 원리와 반딧불이와 초롱아귀와 같은 생물 발광Bioluminescence, 공동묘지 인광, 장난감 칼의 광 발광, 스마트 유리의 전기변색 등 다양한 빛에 대해 스님과 많은 이야기를 나누었다. 나 또한 전기 발광 올레드OLED에 관한 연구를 오랫동안 하였으니, 스님과 빛과 색깔에 관해 이야기로 시간 가는 줄 몰랐다. 색깔로도, 빛으로도 구현하기 힘든 파란색도 이야기했던가, 높고 비 오는 서운암은 조용하기만 했다.

거기 눈앞에서 스님의 초롱초롱하게 빛나는 눈빛을 만났다. 나는 그 눈빛에서 초등학생과도 같은 순수한 호기심과 알고자 하는 뜨거운 열정을 보았다. 팔순의 나이를 훌쩍 넘기신 스님의 눈빛에서 배움의 즐거움은 나이와는 상관없다는 것에 다시 한번 감명받았다. 우리 학생들에게도 저 빛나는 보석과도 같은 알고 싶어하는 욕망의 불빛을 옮겨 주고 싶다고 생각했다.

우리 학생들이 이런 분들과 좋은 길을 걸으며 이런저런 장래 자신이 하고 싶은 일과 고민을 이야기로 나눌 수 있었으면 좋겠다. 스님이 그곳에 있기만 하여도, 우리는 그곳을 찾아가는 기쁨이 있을 것이다. 차를 마시면서 이야기해도 좋을 것이다. 이들이 있는 곳이 또 다른 산천재가 아닐까?

우리 사회를 지탱하는 그분들의 열정을 조금만 대화해봐도 우리 후학들은 느낄 수 있을 것이다. 진지하고 열정적으로 삶을 사는 그들의 모습 그 자체만으로도 교육적으로 효과가 있을 것이라 나는 확신한다. 나 또한 그들을 만나며 배우는 기쁨을 느낄 수 있었으니 말이다.

역시, 세상은 넓고 배울 사람은 많았다.

학문으로
연결된다는 것

제법 오래된 일이다. 2015년 가을께다.

그 당시는 새 정부가 출발하면서 내세운 것도 있고 하여 영호남 간의 교류와 경제 발전 협력에 한참 관심이 쏠릴 때였다. 그런 분위기에서 마침 영남, 호남 대학 간에도 연구 사업이나 학술단체 교류나 포럼 같은 것을 많이 할 무렵이었다.

그해 7월에 경상대와 순천대가 함께 연구단체를 만들어 '남해안 남중권 상생발전 포럼'을 열기도 하였고, 교육부와 연구 재단이 지원하는 "동서 통합 바이오 실용화 사업단"을 순천대 창원대 인제대 경상대가 함께 연구에 참여하기로 했다. 같은 지리산 권역인 경남 서부와 전라 동부가 깨끗한 자연에서 유래한 건강과 융복합 바이오 기술을 어떻게 실용화할 것인지 함께 연구하는 것이었다.

학계 쪽에서 보면 당시 정부가 '동서 통합 지대 조성 사업'이라는 이름으로 지리산 권역인 호남 동부와 경남 서부를 묶어서 개발사업을 하겠다고 약속하여 그에 발맞춘 것도 있지만, 훨씬 이전부터 경상대와 순천대의 상호 협력은 이미 실행하고 있었다. 정부의 관심은 주로 경제적 측면의 개발사업이었지만 영호남 간 학문적 교류, 문화 교류 등은 과거부터 면면히 이어져 오고 있다.

특히 경상대 '경남 문화 연구원'과 순천대 '지리산권 문화 연구원'이 2007년부터 '지리산권 문화연구단'을 구성하여 지리산의 역사 문학 지리 생태 등을 함께 연구하고 있기도 했다.

어느 날, 그 일을 주관하고 있던 한학의 대가 허권수 교수님이 나에게 권유했다.

10월 28일 전남 장성군 고산서원에서 호남을 대표하는 조선 후기 유학자인 노사 기정진1798~1879 선생의 유교식 제사인 향사를 올린다는 것이었다. 성균관이나 향교를 비롯해, 각 지역의 유교 서원에서는 주자를 비롯해 국가와 지역을 초월한 유학의 스승들을 모셔다 놓고 제사를 지내고 있다. 주로 봄과 가을에 지냈다.

그런데 그곳에 경남을 대표하는 거점 국립대 총장으로서 초헌관으로 참여하는 것이 어떻겠냐는 것이었다.

초헌관은 제사 지낼 때 신위에 술을 올리는 사람으로 처음 올리는 초헌관, 두 번째 올리는 아헌관, 마지막에 올리는 이를 종헌관이라 한다.

초헌관은 그 제사의 주인 격인 사람이 하는 일이라 부담스럽기도 하고 바쁘기도 하여 처음에는 사양하였다. 학기 중 가장 일이 많을 때라서 정말로 바빴다. 그런데 거리도 만만찮았다.

그런데 허권수 교수님은 거부할 수 없이 가야만 하는 이유를 말씀해주셨다. 허권수 교수님은 옛 고전이나 역사의 사회적 맥락을 잘 짚고 설명도 잘 해주시기도 하지만 우리나라의 학맥과 가계를 꿰뚫고 계셨다. 경남신문에 '한자로 보는 세상'이라는 칼럼도 정기적으로 쓰고 있었다.

"여기는 아무리 바빠도 가셔야 합니다. 총장님과의 집안이 학맥으로 연결되어 있기 때문입니다."

학맥이 연결되어 있다니, 그게 무슨 말일까?

허 교수님의 말은 이랬다.

노사 기정진1798~1879은 조선 후기의 이름난 성리학자로 노사학파를 연 사람이다. 조선 6대 석학 중에 한 사람으로 알려졌을 만큼 학문적 업적을 이루었고 또 제자를 많이 배출했다. 당시 정학인 성리학으로 모든 삿된 학문을 배격하는 위정척사를 주장했다.

고산서원 안에는 노사 기정진 선생의 위패를 봉안하고 있는데, 모실 때 호남뿐 아니라 영남 유림까지 공론을 모았단다. 선생의 제자가 호남과 영남을 넘나들어 아우르고 있었다. 그곳에는 선생의 제자 여덟 명도 함께 모시고 있는데, 김록휴, 조의곤, 조성가, 정재규, 기우만, 이최선, 김석구, 정의림이 그들이다. 그중 한 분이 합천의 노백헌老柏軒 정재규1843~1911 선생님인데, 노백헌 선생님의 제자가 바로 내 고향 마을 산청 단성에 1934년 인곡서당을 세우고 제자를 가르친 송산松山 권재규權在奎 1870~1952 선생이다. 그런데 이 송산 권재규 선생에게서 우리 아버지 삼 형제가 공부하였다.

그때가 일제 강점기인데 증조할아버지는 '일본인 학교에서 배울 수 없다'라고 하여 아버지 삼 형제를 인곡서당에 보낸 것이다.

그러니까 요약하자면 내 아버지 형제간이 인곡서당에서 송산 권재규 선생한테서 배우고, 송산 권재규 선생님은 노백헌 정재규 선생한테서 배우고, 노백헌 선생은 노사 기정진 선생한테서 배웠으니까 고구마 줄기처럼 학맥을 따라 쭉 따라 올라가면 나와 노사 기정진 선생과 학문의 인연이 닿으니 여기는 꼭 가야 한다는 말이었다.

그렇게 10월 28일 들 넓고 하늘 푸른 날 고산서원을 찾게 되었다.

노사 기정진은 어릴 때 천연두를 앓아 한쪽 눈을 실명하였음에도 몹시도 총명했다고 한다. 그에게는 '장안의 수많은 사람들이 장성 고을의 눈 하나 없는 사람만 같지 못하다'라고 하는 "長安萬目장안만목 不如長城一目 불여장성일목"이라는 말을 할 정도로 학문에 밝다는 뜻이었다. 물론 한자 풀이에 관한 이야기가 있다.

노사선생 연원록에 따르면 선생에게서 글을 배운 제자가 600여 명에 이르고 그들의 제자들까지 합치면 제주까지 전국에 거의 6,000여 명에 이른다고 한다. 이들은 구한말 의병으로 나라를 구하기 위해 애썼다.

서원 강학소였던 담대헌 넓은 마당에 사람들은 북적북적 많았고 그들의 말이며 행동은 조용조용 했다.

노사 선생이 강론하다 건너편 무등산 부모님의 묘를 담담히 바라보았을 담대헌 양옆으로는 거경재와 집의재가 있고 가운데는 위성류가 가지를 늘어뜨리고 있었다. 이 나무는 선생이 영남지방 제자들의 초청으로 강론도 하고 지리산 유람을 하고 돌아오던 중 운조루에 들렀다가 말채찍으로 쓰려고 꺾어 온 가지가 자라나 나무가 되었다고 한다.

담대헌 뒤편에 내삼문을 지나 고산사에서 향사의 초헌관으로 맑은 술을 올리고 절을 하였다. 향을 피우고 절을 하며 사람들은 앞서서 가신 스승들에게 감응하였을까?

흔히 '피가 당겨서'라는 말을 종종 한다. 혈연으로 맺어진 가족의 끈끈한 연결과 그 끌림에 대해 천륜이라고도 말한다. 그런데 새삼 보니 학문의 연결 또한 그 못지않다는 생각이 들었다. 학문하는 사람 또한 그렇게 끈끈하고도 질긴 인연의 끈으로 이렇게 서로 연결된 것은 아닐까.

돌아오는 길에 많은 생각을 했다.

요즘처럼 차도 길도 좋은데도 처음 전남 장성이라 했을 때 먼 길이라 느꼈는데, 예전의 그 사람들에게는 그 길이 얼마나 힘들고, 먼 길이었을까? 그 먼 길을 좋은 스승을 찾아서 공부하겠다고 나서는 마음은 또 얼마나 간절했을까? 그때 사람들은 그 길을 멀다 않고 넘나들었는데 우리는 얼마나 교류하고 있는가? 노사 선생이 구례 운조루에서 꺾어온 위성류가 저리도 자라 있는데, 우리에겐 어떤 기억들이 있을까.

이런 생각 끝에 나는 영남, 호남 사람들 또한 같은 지리산이란 큰 동네

학맥으로도 연결되어 있으니, 조금은 서로를 더 당겨야겠다는 생각이 들었다.

그래서 진주로 오는 길에 당시 전남대 지병문 총장님한테 전화를 걸었다.

"총장님 제가 여기 호남을 대표하는 학자인 기정진 선생님을 모신 고산서원에 와서 오늘 초헌관을 지내고 왔는데 다음에는 총장님께서 경남을 대표하는 학자의 향사에 초헌관으로 꼭 오셔야 할 것 같습니다."

지 총장님 말씀이,

"저는 광주 근방에서 향사에 오라고 해도 절대로 안 갑니다. 그런데 그 생각은 너무 좋습니다. 그때는 가겠습니다."

그렇게 허락받았다.

장성에는 필암서원, 죽림서원 등 이름난 서원과 향사가 많다.

그리고 돌아와서 구체적으로 이리저리 알아보고 다음 해 10월 경남 산청군 시천면 산천제에서 남명 선생의 향사가 열릴 때 전남대 지병문 총장을 초청하기로 하였다.

그러나 끝내 생각대로 되지 않았다.

그새 정치 지형도 바뀌고 나 또한 총장을 연임하지 못한 이유도 있었다. 그러나 지금도 그때를 생각하면 아쉬운 마음이 있다.

정부의 방침이 어떠하든, 정치 지형이 어떠하든, 같은 스승을 모시고 서로 오고 가며 배우고 연구하던 그 전통에서 옛 기억을 끌어올리고 그 위에 다시 새로운 기억을 쌓을 기회를 더 많이 만들어야겠다는 생각이다.

영호남의 교류, 나아가 영호남의 벽과 양극화를 극복하는 길이 교육으
로부터 시작할 수 있기 때문이다,

결국, 사람이다

요즘은 사람을 찾아가는 즐거움을 느낀다.

그동안 학교에 있다 보니, 찾아오시는 분들이 많았는데, 보물을 찾으러 다닐 때처럼 사람들을 찾고 그들의 삶을 발견하는 즐거움을 느끼는 요즘이다. 여태와는 다른 또 다른 즐거움이다.

예전에는 각 지역 곳곳에 기개 있고 뜻이 높은 학자나 선비가 있어서, 배우려는 사람들은 그들을 찾아가 스승으로 모시고 배움을 청하곤 하는 전통이 있었다.

요즘은 인터넷이 발달하고 사회관계망 플랫폼들이 발달하면서 그런 경향은 줄어든 듯하다. 어떻게든 발견되고 알려지는 시절이다. 한편에서는 이런 상황을 아쉬워하는 목소리도 있다. 숨어 있는 사람들을, 있다는 것만으로도 힘이 되는 사람들을 제발 그 자리에 있도록 내버려두라는 것이다.

남성 김장하 선생의 선행이 우리 지역을 넘어서서 전국적으로 알려질 때도 그런 목소리를 들을 수 있었다. 하지만 사람을 알아보는 것도 커다란 자질이다. 또한 그 특별한 빛이 훼손되지 않게 유지하는 법도 배워야 한다. 무엇이든 아름다운 것, 뜻깊은 것은 발굴하고 다듬고 닦아, 뒤 세대에게 이어주고 싶은 입장에서는 사람을 알아보는 눈이 늘 아쉽다.

조선시대까지만 하더라도 시대적 상황이 혼란스러울 때면 물러나 자기의 뜻을 꺾지 않는 전통이 있었기에, 개천에서는 용이 나오고, 깊은 산에서는 뜻깊은 사람이 살 수 있었던 것은 아닐까. 지역 곳곳에 숨어 있는 지식인은, 그 지역의 자부심이 되었고, 숨어 있는 의인이자 지식인의 기백을 지배층들은 두려워하였다. 모든 사람이 중앙으로 모이는 오늘날로서는 상상하기 어려운 전통이다.

남명 조식 선생1501~1572이 본격적으로 교육에 힘썼던 때는 모친상을 치른 후, 48세 때 김해 산해정에서 고향인 합천 삼가면으로 거처를 옮긴 이후라고 한다. 그때 선생은 자신의 거처로 계부당鷄伏堂과 뇌룡정을 짓고 제자를 받아들였다.

계부당鷄伏堂은 닭이 고니알을 품듯 커다란 뜻을 품고 가만히 엎드려 치열하게 학문하는 집이라는 뜻이며 뇌룡정雷龍亭은 장자의 '尸居龍見淵默雷聲'에서 가져온 말로서, 시체(尸)같이 조용히 있어도 용을 보는 듯 자유자재이고, 연못같이 잠잠하면서도 천둥(우레) 같은 소리를 낼 수 있다는 뜻으로 조용히 있는 듯 보여도 엄청난 기운을 쌓고 있음을 의미한다고 한다.

61세 되던 해, 지리산 여행기인 『유두류록』에서 선생이 밝혔듯, 오랫동안의 소원인 지리산 자락으로 거처를 옮기고 산천재를 지었다. 그곳에서 10여 년 동안 제자들을 기르며 지내다 돌아가셨다.

산천재山天齋는 주역에 산천대축山天大畜괘를 따서 이름 지었는데 하늘에 솟아 있는 산처럼 뜻을 품고 힘을 쌓는다는 뜻으로, 학문을 크게 쌓아 저 먼 하늘에 떠 있는 산처럼 후세에 지표가 되라는 생각이 담겨있다. 그래선지 지리산 어귀를 가면 멀리 하늘에 떠 있는 산을 바라보며 많은 생각을 하게 된다.

지리산은 많은 사람과 많은 이야기를 품고 하나의 지표처럼 먼 하늘에 떠 있다.

계부당이나 뇌룡정, 산천재 같은 이런 당호들은 학문을 산처럼 쌓고 뜻을 크게 품는다는 뜻이 담겨 있는데, 그 말의 출처들이 장자나 주역 등에서 따와서 재미있다.

당대 퇴계 이황이나 율곡 이이로부터 장자의 기운이 느껴진다는 비판을 받았다지만, 지금 와서 보면 선생의 학문이 좁은 주자학에만 갇혀 있지 않고, 비를 들고 마당을 쓰는 것 같은 생활과 삶에서 오는 성찰을 중요하게 여겼다.

생활을 중시한 선생의 뜻을 생각할 때면 나는 행복에 대해 생각한다.

사람은 언제 행복할까?

가장 먼저 자신의 일상과 삶을 자신이 세운 뜻대로 꾸려가고 있을 때가 아닐까 한다.

소소하게 "저녁이 있는 삶"부터 "자기 주도적 삶"이란 큰 의지가 담긴 말처럼, 자신의 생활을, 삶을, 자신이 생각한 대로 살고 있다고 느낄 때, 더 나아가 스스로 날마다 더 나아지고 있다는 생각이 들 때 사람들은 대체로 만족감을 느낀다.

두 번째로는 다른 사람들에게, 자신의 재능이나 자질, 혹은 경제적으로나 봉사를 통해서 이 사회에 도움이 된다고 느꼈을 때 사람들은 행복감을 느낀다. 일종의 자아 확장, 혹은 영향력일 것이다. 자신으로 더불어 다른 사람에게 이로움을 줄 때 사람들은 삶의 의미를 느끼기도 한다.

이런 면에서 생각해 보면 교육 또한 그 속에 성취가 있고 실천이 있기에, 즐거움과 기쁨을 느낄 수 있다. 앞으로는 교육이 온라인에서도 언제든지 이루어지기에 교육의 다른 측면, 즉, 단순한 지식 습득의 장이 아닌 삶을 생각하고, 생활이 있고, 만남과 즐거움이 있는 장소로 만드는 데 더 관심을 가졌으면 한다.

마지막으로 한 가지 더 생각해 보면, "어른 김장하"라는 다큐멘터리에서 명신고등학교 영어 교사로 지냈던 이달희 선생이 중요한 말을 했다.

사람들은 이장하 선생이 '돈이 많은 사람'이라 생각하지만, 자신이 생각할 때 선생은 '뜻이 있는 사람'이라는 것이다.

이 말에 나는 공감한다. 교육 현장에서 사람들을 만나다 보면 다른 사람과 유달리 행동이 특별해 보이는 사람은 자기 뜻이 분명한 사람이다. 교육이 할 일 또한 바로 이것이 아닐까, 한다. 뜻을 세우게 하는 것이다. 공자는 나이 15세에 학문에 뜻을 세웠다고 한다.

자신이 하고자 하는 것이 분명한 사람은 옆에서 선생이 끊임없이 그 뜻을 일깨워주기만 하면 된다. 이미 반은 되어 있는 것이다.

이처럼 인간은 자기 뜻을 좇아 살아간다. 잠시라도 목적이나 뜻이 없으면 우리의 일상은 무의미해지고 흐트러진다.

이 점이 바로 앞으로 인공지능과 또 다른 점이 아닐지 생각한다.

앞으로 인간의 개체성과 시간적 유한성을 뛰어넘어 영속성을 가진 지능으로 인공지능은 인간이 가보지 못한 영역까지 발전할 수 있을 것이라고도 한다. 최근 AI에서 특이한 점이 발견되었는데, 한정적인 데이터의 무한 반복 속에서 가끔 "환각Hallucination"이라 부르는 오류를 일으킨다는 사실을 발견했다. 알아들을 수 없는 결과물을 만들어 내고, 어느 시점 잘 알지도 못하는 것에 대해 모른다고 하지 않고 거짓 정보를 슬쩍 끼워넣기도 하기에 반드시 중복 검증을 해야 한다고 경고하기도 한다. 이에 따라 AI 기업에서는 오히려 사실과 환각 사이의 비율을 조절하는 기능을 추가하여 사실과 환각을 조절하도록 하였다. 그랬더니 AI의 창의성이 높아지더라는 말도 들려온다.

논리의 붕괴를 감수하고서라도 새로운 세계를 열 수 있는 것이 인간의 상상이라면, AI는 확률적으로 가장 "그럴듯한" 답을 계산하지만, 자기 오류를 자각하거나 그걸 통해 새로운 의미를 만들 수는 없다고 한다.

AI는 지시에 따라 움직이지만, 인간은 스스로 부여하는 의미와 뜻에 따라 움직인다. 삶의 의미를 찾아 헤매고, 의미가 없으면 공허해지기에 그 뜻을 찾게 해주는 것, 안에서 나오려 소리를 내고, 밖에서 나오라고 쪼아주는 "줄탁동시"의 과정이 어쩌면 교육일 것이다.

"AI는 틀리지 않기 위해 애쓰지만, 인간은 틀리기 위해 상상한다."
어느 날 환각에 대한 인공지능과의 대화에서 챗지피티의 대답이다.

사람과의 만남은 곧 배움의 기회이다. 사람을 찾아 떠나는 길 위에서 다시, 나는 잠시 그렇게 교육의 의미에 대해 생각한다. 어쩌면 이것이 지금 나를 움직이는 동력이기 때문이다. 멀리 하늘을 보면 산이 떠올라 있다. 내가 가는 그곳이 산천재이다.

6부

경남 교육에 대한
현실적인 몇 가지 물음들

우뚝 솟은 산악처럼　넓고 깊은 연못처럼

岳　立　淵　中

경남과학고

소멸과 고립

해마다 입학이 있는 신학기가 되면 어김없이 우울한 소식이 들려온다. 이른바 '나 홀로 입학식'이다. 총 6천 2백여 개의 학교 중 125곳이 올해 신입생이 딱 1명뿐이었다. 도시 지역 중에서도 구 도심지역이거나 시골 지역에서는 비교적 흔한 풍경이고 또한 꽤 오래된 일이기도 하다. 나 홀로 입학이 아닌, 입학생이 아예 없는 학교도 있다.

2025년에도 전국적으로 인천 7곳, 강원 21곳, 울산 1곳, 경기 1곳, 전북 25곳, 전남 32곳, 충북 7곳, 충남 16곳 부산 1곳 등, 총 131개의 학교에서 신입생이 1명도 없이 올해 학사일정에 들어갔다. 경남의 경우 초등학교 26곳, 중학교 1곳, 고등학교 1곳 등 총 28개교가 신입생이 없었다. 또한 경남도 신입생 1명 이하의 학교가 62곳이나 된다.

입학생이 없다는 소식이 들려온 지도 꽤 오래된 일이라, 그나마 몇 명밖에 없던 재학생들이 졸업하고 떠나가면 더 이상 학교를 유지할 수 없는 곳도 많다.

교육부 자료에 따르면 올해 폐교 예정인 전국의 초 · 중 · 고교는 49곳이다. 전남이 10곳으로 가장 많고, 경기도가 6곳이나 된다. 경남은 통영시 곤리분교 1곳이다.

학교의 폐교는 그 지역의 쇠퇴를 불러오기도 한다. 학교는 알게 모르게 그 지역의 사람들이 모여 각종 행사를 통해 문화적 교류와 공감대를 나누는 공간이기 때문이다.

나 또한 학교 현장을 다니다 보면 직접 목격하고 있는 일이라 암울하다.

이 글을 쓰고 있는 날 아침에도 소규모 학교를 방문하였는데, 걱정이 많았다.

특히 체육과 같은 혼자 하기 어려운 과목은 주변에 사정이 비슷한 다른 학교 아이들과 오후에 모여 수업받고 있었다. 의령의 공유학교이다. 이들은 아침에 등교한 후 거점학교로 이동하여 공유 수업 후 다시 자신들의 학교로 이동하여 하교했는데 대부분 최소 2시간 이상 걸렸다.

과외도 따로 받을 수 없고 학원도 흔하지 않아 적성에 맞는 특기를 기르기 위한 사교육을 접하기도 어렵다. 다양한 교육 기회 문제뿐만 아니라 정서적으로 이렇게 홀로 자라는 아이들을 그대로 두는 게 맞는지 의문이 떠오른다.

교육의 가장 큰 목적 중 하나는 아이의 사회성 함양이다. 아이들이란 서로 부대끼면서 자라야 사회에 나가 적응하기가 쉽다.

학교는 사회로 나가기 위한 일종의 모의 실험실 같은 역할도 한다.

특히 저학년 아이들은 학습만이 아니라 서로 어울려 노는 놀이를 통해 많은 것을 배운다. 안 그래도 골목의 놀이가 사라진 요즘은 이런 부대낌을 힘들어하는 경향이 있어서 대학가에서도 부적 상담을 필요로 하는 학생들이 많아졌다.

동기생들과 어울리지 못하고 외따로 떠돌거나 팀을 이루어 탐구하는 프로젝트 수업에 어려움을 느끼는 학생들도 많다. 사회에 나가서도 환경이 달라질 때마다 이런 문제에 부닥치기 쉬운데, 직장, 학교, 단체나 모임 등의 진입에 사회성이 매우 중요하다.

젊은 세대일수록 오프라인에서 사람들과 어울리며 부대끼는 것을 힘들어하고 스트레스를 많이 받는 것을 보고 있으면 안타깝다. 이 또한 어릴 때부터 사람들과의 관계에서 오는 긴장과 오해를 풀어가는 과정, 그리고 심적 갈등을 처리할 기회가 적기 때문이다. 학교에서의 생활이 그나마 사람들과의 경험을 쌓는 공간이 되어주기를 기대한다. 학교가 장차 사회에서 쌓을 인간관계의 기초를 쌓는 곳, 미래 세대가 어울려 꾸려가는 삶의 현장 역할을 더 강화해야 할 것이다.

또 하나 인구 감소에 따른 학교의 통폐합 문제에는 학교의 유지 비용 문제가 걸려있다.

전 학년 10명 미만의 학교를 유지하고 운영하는 데는 비용이 든다. 언뜻 생각해 봐도 교사를 배정하고, 학교시설을 유지하고 관리하는 데 기본적으로 드는 비용은 비슷하다. 그런데 이것을 1인당 드는 비용으로 환산하면 규모가 큰 학교가 적게 든다는 것을 알 수 있다. 실제로 소규모의 학교가 도시 지역보다 두 배 더 비용이 든다. 초등학생 1인당 단위비용은 73만 8천 원인데 인구 감소 지역의 경우 이를 147만 6천 원으로 계산하고 있다.

경남만 해도 한 학년은 고사하고 전체 학생 수가 10명도 안 되는 곳이 15곳이라고 한다.

이는 경제협력개발기구OECD의 "2025년 교육지표"조사에서도 드러난다.

우리나라 학급당 학생 수는 초등학교 21.6명, 중학교 25.7명으로 OECD 평균 20.6명, 23.0명보다 조금 많은 수였지만, 학교별 초등학교 규모 차이가 컸다. 한국의 상위 5% 초등학교는 학년당 학생 수가 197명 이상으로 OECD 국가 중 가장 많지만, 하위 5%에 드는 초등학교는 학년 당 학생 수가 3명 이하로 OECD 국가 중 가장 작았다. 도시 학교는 OECD 평균을 넘어 여전히 과밀하고 지역 학교는 너무 적어서 편차가 컸다. 이에 안드레아스 국장은 "폐교는 어려운 일이지만 모든 학습자가 양질의 학습 혜택을 누릴 수 있도록 접근성과 교육 비용 사이의 균형을 찾아야 한다"라고 말했다.

100년이 넘는 지역학교가 사라지면 아쉬운 마음이 드는 것은 당연하다. 그래서 폐교를 막아보겠다고, 마을 단위로 학부모나 동창들이 억지로 아이들을 데리고 오기도 하는 등 여러 가지 노력을 한다. 이러한 노력이 당연히 이해가 가는 측면도 있지만 한두 명 섬처럼 남아 있는 아이들 관점에서 그것이 최선인지도 생각해 볼 일이다. 학교생활은 또래들과 일상을 보내는 것뿐만 아니라, 여러 행사나 단체 체험학습을 통해 다양한 경험을 공유하고 탐구하는 중요한 교육의 기회이다. 교육 내용이나 질에는 관심이 없이 억지로 학교를 유지하는 것만이 능사일까? 동창회나 학부모, 교사, 학교, 지역의 입장보다는 늘 우선순위를 학생에게 두어야 할 것이다. "단 한 명의 아이도 소외됨이 없는 교육"이나 "아이좋아"라는 구호 또한 바로 그 "아이"에서 출발한 제도와 정책이어야 할 것이다.

우선 이 아이들을 위한 기숙형 학교를 지어 시범 학교 형태로 운영해 볼 것을 제안한다. 그래서 학부모나 학생들의 만족도에 따라 선택하도록 했으면 한다. 일단은 다양한 수요에 맞추어 학교를 운영해 보면 좋을 것이다.

쏠림

최근 인구문제에서 사회 전반적으로 일어나는 현상이 수도권 집중 현상이다.

특히 젊은이들은 좋은 교육 환경과 좋은 직장을 찾아 수도권으로 간다. 지방에서 수도권으로 젊은 사람들이 공부나 취업 등 이런저런 이유로 떠나버리고 지방은 노인들만 남게 된다. 저출산 문제로 나라 전체가 노령화되고 있지만 그나마 젊은 인구가 빠져나가는 지방은 급속도로 활력을 잃는다.

이런 수도권 집중화 현상이 80년대 아파트 중심의 강남 8학군이 출발점이라고 보는 시각이 있다. "서울대 10개 만들기" 저자 김종영 교수는 강남 아파트 중심으로 중산층의 높은 교육열에 따른 수요를 맞추기 위해 사교육 시스템이 형성되기 시작했고, 2000년대 이후 경기 남부 지역의 개발로 강남 사교육 수요를 더욱 확고하게 했다고 말한다. 교육인프라의 수도권 집중 현상은 국가 교육 시스템의 병목현상을 일으켜, 지역거점 국립대가 예전의 명성을 잃고 고사 직전에 있다고 진단하고 있다.

지역사회의 공동화와 수도권 집중화 문제에서 젊은 청년층의 이동도 문제이지만 학령기 아이들의 이동이 더 문제다.

초등학교 고학년이나 중학생이 되면 가족이 함께 이사 가는 모습도 주위에 비교적 흔한 일이다. 학령기 한 명의 교육 문제로 온 가족이 움직이는 학령기 아동의 이동은 가속도가 붙는 문제이면서 교육에 관심이 높은 계층의 이동을 뜻한다.

이들의 수요를 충족시켜 주어야만 인구 유출을 다소 줄일 수 있다. 따라서 다양한 수요에 맞추어 특목고나 특성화학교를 만들고 또 사교육이 따로 필요 없을 정도로 우수한 교육을 할 필요가 있다. 수요에 맞는 다양한 실험학교를 시도해 볼만하다.

지역 특성에 맞춘 산업계 쪽의 수요도 있다. 경남 지역의 경우 항공과 방산 관련 산업체들이 모여있다. 또한 해안이 많아 해양수산과 관련된 특화된 학교 설립도 생각해 볼 필요가 있다. 어업과 농업이 발달한 지역에서는 협동조합 대학 혹은 고등학교를 만들어서 그와 관련한 특화된 수업으로 유명한 학교들도 생겨나고 있다. 지역특화 교육 프로그램을 강화한 학교도 있지만 반대로 국제적인 표준 시스템을 도입한 학교들도 늘어나고 있다. 프랑스 바칼로레아에서 착안한 토론과 탐구 중심의 학습 과정을 도입하여 운영 중인, 국제바칼로레아교육IB: International Baccalaureat 관심 학교도 전국 각 지역에 생겨나고 있다.

　IB 학교의 경우, 대구교육청이 적극적이며, 또 제주의 표선고가 유명한데, 이들 지역은 주변 아파트나 집값이 오른다고 하니 "맹모삼천지교"의 현대판을 보는 듯하다. IB 교육은 3단계를 거쳐야 하는데, 교육청과의 협약이 중요하다. 최근 경남교육청도 내년에 협약을 진행하겠다고 한다. 전국 교육청 중 경남교육청이 이번에 추진하려 최교진 교육부 장관과 교섭하고 있다. 그런데 이번에 임명된 최교진 교육부 장관이 교육감으로 있던 세종시교육청이 유일하게 협약을 체결하지 않아 IB 시범 교육을 시행하지 못하고 있다.

갈등과 분열

나날이 증가하는 경제적 불평등과 사회 구성원 간의 갈등으로 인해 전 세계적으로 전쟁과 정치적 불안정성이 증가하고 있다. 특히 두드러지는 점은 누구보다도 현실에 비판적이어야 할 젊은이들이 세계 공통으로 우경화되는 경향이 있다고 한다. 민주적 절차가 시험받고 있고, 자유경제 시장도 블록화된 폐쇄형으로 세계 경제 지형도가 바뀌고 있다. 이런 일면에는 빈부격차라는 경제적 불평등이 하나의 원인으로 작용하고 있다.

"나라는 잘 산다는데 왜 나는 가난한가?"라는 물음을 젊은 층에선 진지하게 묻고 있다.

한국의 갈등 수준은 매우 높은 편이어서 영국 킹스칼리지의 2021년 보고서는 한국은 12개 갈등 항목 중 7개 항목에서 갈등 순위 1위를 기록하였다. 특히 지지 정당 간 갈등(91%)과 이념 갈등(87%)이 세계 평균을 크게 상회하고 있다.

이념, 노동, 계층, 지역 등에서의 심각한 양극화는 우리 사회에 많은 갈등 해소 비용을 요구하고 있다.

국무조정실의 연구 용역 결과에 따르면, 최근 10년간(2013~2022년) 사회적 갈등으로 인한 비용은 연평균 232조 7,000억 원으로 국내총생산GDP의 약 10%에 해당한다고 한다.

갈등의 유형별로 살펴보면 이념 갈등이 전체 갈등 비용의 75.4%를 차지하고, 노동 갈등은 11.7%, 계층 갈등은 7.3%, 지역 갈등은 2.9%의 비중을 나타내고 있다. 특히 이념 갈등의 비용이 압도적으로 높아 이는 한국 사회의 정치적 양극화가 심각한 수준임을 보여준다.

경남에서는 지자체로는 처음으로 2023년 사회대통합위원회를 설치하고 사회적 갈등을 해소하기 위해 노력해 왔으며, 2025년 1월 제2기 사회대통합위원회가 출범하였다. 나는 사회대통합위원회의 교육 청년분과 위원장으로 활동하고 있다.

현재의 갈등 해소를 위한 노력도 필요하지만 미래 세대를 위해서 초중고에서 극단적 대립을 완화하고, 합리적인 토론 문화를 정착시킬 수 있는 교육이 필요하다.

교육감 한 명의 임기 내의 단기효과가 아니라 10년, 20년 후 미래를 내다보고 지속 가능한 노력과 관심을 기울여야 할 때이다.

사회적 갈등과 대립을 더 이상 방치하면 안 된다. 더더구나 앞으로는 노동력이 감소하여 나라 밖의 인력을 끌어올 기회가 빈번할 것이다. 그들이 한국 사회에 안착할 수 있도록 한국 사회 시민으로 이끄는 교육을 통한 노력이 있어야 할 것이다.

특히 경남에는 다문화 가정이 많다. 이들 다문화 가정은 자칫 공교육의 사각지대에 놓일 수 있다. 이는 곧 빈곤의 대물림으로 이어지고, 이것을 방치하면 우리 지역사회 불안의 비용으로 작용할 수 있다.

다문화 자녀의 교육을 위해서도 그 부모의 교육이 중요하다. 특히 한국어가 서툰 부모의 교육이 중요하다. "다문화 엄마 학교" 같은 프로그램을 마련하여 각 지역의 학교나 주민센터에서 한국어와 역사 문화 교양을 통합한 교육이 필요하다. 또 아동들에게는 부모 나라의 말과 문화에 대한 교육을 시행하여 우리 문화의 포용성과 다양성을 넓히는 기회를 만들어야 한다.

우리나라가 건강한 사회가 되려면 다양한 경험을 가진 다양한 계층의 사람들로 사회조직을 구성하는 것이 좋다. 따라서 부모의 경제적 능력이 없어도 공교육만으로도 계층 이동할 수 있어야 한다. 하지만 사교육 비용이 증가하고, 각 분야의 진입 문턱이 높아져 점점 공교육에 의한 계층이동을 할 수 없는 사회가 되어가고 있다.

나 역시 "꿈조차 가난"했다고 스스로 표현할 정도로 시골 가난한 집에서 자랐다. 그럼에도 공부를 계속할 수 있고, 스마트폰 디스플레이의 핵심 재료를 연구하는 과학자, 대학교수가 될 수 있었다. 비용이 싸고 장학금제도가 잘 갖춰진 대학원이 없었다면 지금의 나는 없었을 것이다. 그래서 지금도 적어도 국립대라면 학비 걱정 없이도 공부할 수 있도록 해야 한다고 강조하고 있다. 그런 학교가 각 지역에 1개씩은 있어야 하지 않겠냐고, 그 필요성에 대해서도 목소리를 높이고 있다.

이렇게 계층간 이동이 활발한 사회가 건강한 사회이다. 나는 국가의 공교육만으로 계층의 사다리를 타고 올라온 전형적인 사람이라는 뜻에서 '내가 곧 국가 공교육의 표본'이라고 농담처럼 말하곤 한다.

오늘의 내가 있게 한데에, 가장 먼저 어머니에게 고마움을 느끼며 그다음으로 국가에 감사를 표한다. 공립 초·중·고를 다니면서 사교육 없이 순수한 공교육만으로 학비가 가장 싼 국립 사범대학에 진학했다.

공부가 더 하고 싶어서 등록금, 기숙사비, 생활비까지의 모든 경비가 국가에서 지원되는 KIST에서 석사, 박사 학위를 마쳤다. 또한 국립대학에서만 40년 가까이 교원 생활을 했으니, 내 일생이 국가의 지원과 혜택을 받아온 셈이다.

불신

한국은 대학 진학률이 매우 높다.

2023년 경제협력개발기구 OECD "교육지표"에서 대학교 이수율이 70%로 OECD 국가 중 1위였다. OECD 국가 평균 대학 진학률은 47.4%이다. 특히 한국의 대학 진학률은 매년 OECD 국가 중 최상위이다.

이런 높은 교육열은 인적자본 밖에 없던 시절 우리나라 경제 발전의 밑바탕이 되어주었다. 대학 진학에 따른 직업 선택과 신분 상승이 가능했기에 경쟁도 심했다. 그러나 고도의 기술을 가진 다양한 산업이 발달함에 따라 국가가 지정하는 한 방향의 산업에 모든 인력과 자원이 집중되는 시기는 이미 지났다. 오히려 다양한 분야에서 개개인이 자신이 좋아하는 것에 집중하는 방향으로 바뀌었고 또한 삶의 질에 관심이 더 많다.

교육체계 또한 오래된 수업 방식과 내용 때문에 시대적 요구를 따라가지 못한다는 비판의 목소리가 높다. 우리나라 교육은 시간과 비용의 투자

대비 효율성이 점점 떨어지고 있다. 그래서 교육제도를 바꾸어야 한다는 필요성은 누구나 느끼고 있지만 여러 가지 시도가 단기성으로 끝나버려 의미 있는 변화를 만들어 내지 못하고 있다.

그동안 우리나라 역대 정부들이 교육 개편, 특히 과열된 경쟁으로 빚어지는 부작용을 줄이고자 입시제도 위주로 교육 개편을 시도했다가 여론의 뭇매를 맞고 번번이 좌절되는 수모를 겪었다. 하나의 제도 실행은 계획도 중요하지만, 여러 교육 기반 조성과 구성원의 설득이 필요하다. 그런데 충분한 준비도 없이 성급하게 좋다는 제도를 도입해서 속성으로 적용했다가 부작용만 겪고 물러난 사례가 너무 많다. '우리 아이가 교육 실험 대상이냐?'라고 비난받기도 한다. 잦은 교육제도 변화를 시도할수록 오히려 불신만 커지게 되었다.

그동안 우리나라 교육제도 개편은 공평성과 투명성 추구로 요약된다. 사실 이는 돌려서 말하면 교육을 둘러싼 우리 사회의 공정성에 대한 불신이 자리 잡고 있다는 말이다.

수많은 교육제도 개편 속에서도 어느 정도 사회적 공감대가 형성된 것으로는 대학의 재량에 맡기는 논술형 본고사, 돈으로 진학하는 기여입학제, 고등학교가 등급 지어지는 것을 원치 않는 것이다. 그동안 거쳐온 교육제도 변화에서 추출해 온 최소한의 공감대이며, 이 세 가지는 지금까지도 '기회의 공정성'에 대한 기준으로 받아들여지고 있다.

현재 가장 핵심적으로 지적받는 것이 수능 중심 대학입시제도로 중등

학교 수업의 내용과 형식에 지대한 영향을 미치고 있다. 학교에서의 생활이나 학생의 자질과 능력 향상 자체에 대한 고민보다 정량적이고 균질한 학습의 양에 집착하게 하며, 학습 내용보다는 평가를 수치화한 성적에만 관심을 가지게 한다. 이런 획일적 평가 시스템은 수업의 질도 떨어뜨린다. 다양한 평가 시스템을 인정하지 않음에 따라 깊은 사고를 필요로 하는 토론과 탐구 서술형 수업을 수행하기 힘들게 한다.

평가 시스템 미비에 대한 문제에 일찍이 주목한 경기도의 경우 선제적으로 먼저 교육 평가 시스템을 AI 기반으로 바꿔보겠다고 나서고 있다.

경기도의 임태희 교육감은 "현재 대입 준비가 암기식 평가에 치우치면서 교육 전반의 왜곡을 초래하고 있다"라고 지적하면서, 특히 교사가 수업 시간 중 학생의 학습 과정과 결과를 직접 관찰하고 이를 평가하는 과정 중심 평가 방식인 수행평가 역시 대학입시의 일부분이 되면서 그 의도와는 전혀 다르게 학교생활 전체를 평가 속에 놓인, "수행 지옥"으로 만들고 있어 그 대책 마련이 시급하다고 보고 있다.

학교 현장에서는 수행평가로 인한 학생들의 준비 부담과 교사의 채점 부담, 평가 시기의 집중 등의 문제해결을 위해, "경기도교육청은 전국에서 가장 많은 학생을 둔 교육청으로서, 수행평가 해법을 끌어내겠다"라고 의욕적으로 나서고 있다. 특히 경기도가 AI를 보조교사로 활용하는 AI 수업 툴인 "하이러닝"을 활용하여 AI 서술, 논술형 평가시스템을 마련하여 시행할 계획이다.

평소 나 또한 입시제도로부터 파생되는 초중등 학교 교육 문제와 해결, 나날이 약화하고 있는 교권 보호, 교육의 기본인 인성교육, 다문화 가정의 교육, 세계시민교육 등에 대하여 같은 문제점을 느끼고 있었기에 임태희 교육감을 만났을 때, 많은 부분 서로 공감할 수 있었다.

지나치게 일률적으로 평준화된 수업 내용은 교사의 역량이나 학생의 흥미와 동떨어져 있고, 공교육에 대한 중요도를 떨어뜨린다. 오히려 철저한 입시 과목 위주의 선행 학습과 반복 학습을 시키는 사교육이 활성화된다. 이들 사교육은 느슨한 공교육보다 핵심적이고 압축적이기에 입시에 더 효율적이라고 사람들은 생각한다. 인성이나 생활교육이 빠지고 대학 입시에 특화된 사교육은 교육 비용을 증가시키고 계층 간 격차를 벌린다.

실제 학교 현장에서 자주 목격되는 현상으로 수업 시간에 학생들이 수업 중임에도 자신은 인터넷 강의를 듣고 있거나 잠을 자는 등 학원 수업을 더 중요하게 생각하는 현상이 흔하게 목격되고 있다.

학부모들은 더 좋은 사교육 환경을 찾아 서울이나 수도권으로 이사 가기도 하며, 더 나아가 수능시험 공부를 위해 고등학교를 자퇴하는 학생까지 생기고 있다. 오직 대학 진학만을 위한 중등 교육 현장의 이런 모습은 이미 오래된 것이다.

다행히 최근의 조사에서 초, 중, 고등학생들은 학교와 교사에 대한 전반적인 신뢰는 깨어지지 않고 있는 것을 확인할 수 있었다.

코리아리서치에서 지난 2023년 7월 5일부터 19일까지 전국 초 · 중 ·

고교생 1만 3천863명을 대상으로 교육정책 인식 조사를 온라인으로 조사한 결과는 다음 그래프와 같다.

우리나라 학생들의 공교육에 대한 신뢰도는 높은 것으로 나타났다.

78%의 학생이 수업 및 체험활동에 만족하고 있으며, 85.1%의 학생이 학교생활에 만족하고 있었다.

우리 학생들은 특히 교사에 대한 높은 신뢰도를 보여주었다. 89.5% 학생은 '우리 학교 학생들이 교사를 존중한다'라고 답했다.

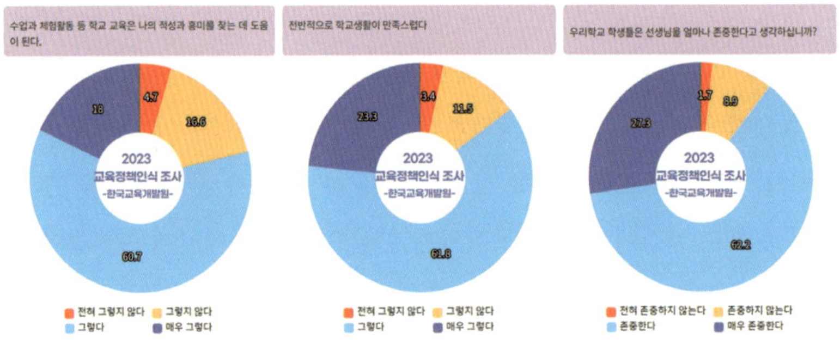

<조사기관 - 코리아리서치 표본오차 95% 신뢰수준에서 ±0.83%>

위의 조사 결과는 아직 우리 학교에 희망이 있음을 보여준다. 학교나 교사에 대한 학생들의 인식이 나쁘지 않음을 알 수 있다.

공교육은 단순히 지식을 쌓고 지적 능력을 기르는 것만 담당하지 않는다. 학생의 생활이 있고 사회성과 공동체 구성인으로서의 태도와 자질을 기르는 영역이기도 하다. 이러한 영역은 결코 사교육이 대체할 수 있는 영역이 아니기에 더더욱 공교육의 역할을 더 강화해야만 하는 이유이다.

교육철학 부재와
잦은 교육 제도 변화

그동안 부분적으로 도입해 왔던 고등학교 학점제를 2025년 전면 시행하고 있다.

학생들의 수업선택권을 높여서 학업에 대한 흥미와 동기를 이끌기 위한 제도이다.

공통으로 이수 받는 기본과목 이외에 자신의 진로와 성향에 따라 스스로 선택한 과목을 찾아 학급과 학교로 이동하여 수업받는다. 이른바 자기만의 시간표를 짜는 방식으로 대학처럼 일정한 학업 시수를 채우고 절대평가로 적, 부적합 평가를 받는다. 통과하지 못한 과목은 보충수업을 듣게 한다. 수업시수가 너무 많이 잡혔다는 비판을 받고 있는데, 시간과 공간의 한계가 없는 디지털 교재 수업도 기반을 갖춰 학생들의 선택권을 높여 줄 필요성이 있다.

제도의 정착을 위하여 여러 환경 조성이 필요한 상황에서 그동안 준비가 충분한지에 대해서는 의문이 든다. 안 그래도 한국 교사들의 수업 이외의 여러 행정적 업무량은 세계에서도 이름 높다. 대한민국 교사의 행정 업무 시간은 평균 6시간으로, 핀란드(1.3시간)의 4배, OECD 평균(2.9시간)의 2배에 달한다.

고교학점제는 수업에 집중해야 한다. 수업의 질이 좋아야 하고 곧바로 학생들에게서 인기, 비인기 과목으로 반응이 즉각적으로 온다. 기존 교과목보다 통합적이고 또 새로운 내용의 수업에 대한 교사의 자율성이 주어져야 하는데, 이런 부분이 변하지 않는다면 단순히 교실만 이동하는 것뿐이다.

선택과목 수업은 학교 내에서만 하는 것이 아니라 때로는 시설이 갖춰진 지역의 다른 학교나 직업 현장으로 찾아가서 수업받을 수 있다. 이런 시도는 기존의 수업 방식보다 학교와 교사의 역량이 중요하다. 따라서, 보다 흥미 있는 수업 내용이나 좋은 시설이 갖춰진 학교로 학생들의 관심이 쏠릴 수 있다. 그래서 오히려 지역 차를 부추기고 고등학교의 역량에 따라 등급이 나눠질 것이라고 걱정하기도 한다. 이는 학교와 교사들의 더 좋은 교육을 위한 경쟁이다. 더 좋은 교수법, 교안, 교재 등을 발굴할 필요가 있으며 이를 프로그램화하여 각 학교에서 참고하면 차이를 어느 정도 줄일 수 있을 것이다.

교사들의 역량에 따라 수업의 질이 달라지므로 교사에게 부담으로 다가올 수 있다. 교사들의 수업 부담을 줄여주기 위한 기존의 온라인 기반 학습 시스템을 보강하여 기본적인 수업 자료와 정보, 지침을 제공해 주어야 할 것이다.

또, 학생의 자발적인 학습 동기를 유도하기 위한 다양한 학습안을 개발하여 공유할 필요가 있다.

그런데 학교 교육 현장에서는 대학입시에 맞추어져 있어서 다양한 수업방식이나 내용을 일선의 교사들이 열의를 가지고 발굴하더라도 결국은 입시나 평가에 매달린다면 모든 것이 무용해질 수 있다.

사실 현장의 교사나 특히 고등학생들은 무엇인가를 더 할 수 있는 물리적 시간이나 여력이 없다. 이미 너무 많은 시간을 투입하고 있는 그들에게 무엇인가 새로운 것을 더하는 방식은 한계치를 넘는 것일 수도 있다.

싱가포르나 에스토니아와 같은 몇몇 나라들은 우리보다 빠르게 AI 기반의 온라인 수업을 이미 시행하고 있다.

이들 나라를 비롯해 우리와 가장 비슷한 교육제도를 가졌던 일본조차 2002년 "유토리(여유) 교육"을 통하여 획기적으로 학습 분량을 줄이고, 암기 위주의 수업에서 탐구 중심 학습으로 전환하였다. 그동안의 경직된 학업 체계에 대한 재고와 지식 위주의 학습보다는 학생의 삶에, 앞으로 '살아가는 힘いきる力'을 기르는 교육으로 인식을 바꾼 것이다.

하지만 일본 유토리 교육은 그리 오래가지는 못했는데, 지나치게 단축된 학과과정으로 인한 기초학력 저하 현상이 일어났다. 이에 기초 학습량을 대폭 늘려 학력 저하 현상을 방지하기 위해 이를 보강하였다. 철저하게 국제학업성취도평가PISA: PROGRAMME for International Student Assessment

를 참고하여 각 지역학교와 평가 결과를 투명하게 공개하여 기초학력을 높이기 위해 노력하고 있다. 한국의 경우 기초학력 평가는 지역 전체보다 는 표본 채집하여 기초학력 상태를 알아보고 있으며, 평가 결과에 따른 피 드백은 없는 상태이다.

일본의 유토리 교육의 실패를 참고하고, 또 혁신적인 발상의 전환은 참고할 만하다. 우리와 비슷한 교육 환경을 가졌기 때문이다. 유토리 교육을 단순한 지식 전수 보다 학생의 생활과 삶에 보다 초점을 맞추었다. 한때 바보를 양산한다고 비판도 많았지만, 일종의 교육에 대한 사고의 전환을 이루었다. 특히 '주입식 교육방식에서 '탐구형 학습'으로 바꾸어 학생들이 주체적으로 문제를 해결하는 능력을 기르는 데 중점을 두고 있다. 또한, 유토리 교육은 교육철학이 어떻게 사회구조 전반에 영향을 미칠 수 있는지를 보여주는 좋은 선례로 남아 있다.

기술혁명에 따른 사회 대변화 속에서 학생들에게 무엇을 가르칠지, 어떻게 공부하게끔 할 것인지에 대한 교육의 확고한 방향성과 거기에 대한 과정, 절차에 대한 진지한 고민이 필요한 시점이다.

대학 수학능력 시험 이외의 학교 실생활을 반영할 수 있는 다양한 평가지표들을 마련하기 위한 노력이 필요하다. 투명하게 결과를 공개하여 신뢰성을 회복하고, 이런 자료들을 단순히 평가도구로만 사용하는 것이 아니라 학생들의 생활, 학업 성취에 도움이 될 수 있도록 활용해야 할 것이다. 학교에서 하는 평가를 자격의 지표로 삼기보다는 교육의 자료로 활용하는 지혜를 모았으면 한다.

　나 또한 대학 밖에서도, 다양한 특강과 현장 수업을 통해 창의, 융합형 교육을 나름대로 실행해 오고 있다. 이런 통합형 수업을 할 때면, 우리 학생들은 제대로 끌어주기만 해도 그 능력과 자질향상이 놀랍도록 발전한다는 사실에 매번 놀라곤 한다.

　창의력이란 이미 있는 상황에 대한 유연한 대처에서 발휘된다. 나는 종종 수업 중에 이순신 장군의 거북선 얘기를 많이 한다.

　거북선이 그런 모습이 될 수밖에 없는 시대적 상황과 어떻게 하면 전쟁에서 이길 수 있을까의 목적성에 따라 추리하고 탐색해가는 방식으로 수업을 진행하면 학생 대부분이 거북선 모양의 전함을 만들어낸다.

　연구할 때나 일할 때 가장 먼저 상세한 현황 파악, 그리고 원인분석을 하고 해결책을 찾는 것이 중요하다고 강조하고 있다.

　이런 수업에서도 여러 가지 역사적 맥락과 당대의 상황에 대해 학생들과 의견을 나눈다. 정확한 상황인식은 늘 중요하다. 그 바탕 위에서 목적을 투사하는 과정에서 창의성이 발현되기 때문이다.

　당시 일반적인 해전은 상대편 배에다 배를 붙여 놓고 상대편 배에 올라가서 직접 싸우는 백병전이었다. 그런데 임진왜란 당시 조선의 병사들은 왜병과는 백병전의 상대가 되지 않았다. 당시 일본은 토요토미 히데요시가 수많은 전투 끝에 전국을 통일하였고, 자연 일본군의 주력은 전투 경험이 많았다. 그러므로 전쟁으로 단련된 무사들을 실전 경험이 없는 조선 병사들이 당해낼 수가 없었다.

배가 멀리 떨어져 있을 때 적의 배를 최대한 많이 부수는 것이 조선 수군의 작전이 될 수밖에 없다. 따라서 멀리 떨어져 있는 적을 물리치는 데 최적화된 포가 조선에서는 발달했다.

당시 일본 배는 습격에 최적화되어 있어 작고 빨랐다. 최대한 빨리 다가와 배를 붙이고 조총을 쏘거나 재빨리 올라와 백병전을 벌였다. 칼이나 조총을 쓰는 일본 쪽이 재래식 화승총을 쏘는 조선 측보다 강했기에 조선으로서는 어쨌든 배가 다가오지 못하도록 하는 것이 중요했다. 그럼에도 가까이 온 배는 배로 부딪혀 밀어버리고 부수는 방법을 썼다. 따라서 조선의 배는 일본의 배보다 속도는 떨어지지만 강하고 튼튼하게 만들었다. 가까이 오려는 배를 밀어서 부숴버려야 하기 때문이다. 또한 조총을 쏘며 올라오려는 왜병을 막으려면 최종적으로는 높은 곳에서는 포를 쏘고 배의 지붕에는 올라오지 못하도록 못이 박힌 뚜껑을 씌우는 거북선 같은 형태의 배가 나온다.

이런 수업은 제대로 된 사회적 문제의 맥락을 읽고 그동안 배운 지식을 최대한 활용하여 문제를 해결하는 방식이다.

따라서 핵심 위주의 암기식 지식 습득보다 평소 많은 독서와 다양한 방식의 지식을 습득하면 문제를 이해하고 해결하는 데에 유리하다. 또한 이런 개개인의 지식을 토대로 서로 토론하고 생각을 모아가는 과정, 협업 능력이 4차 산업혁명 시대의 기본 소양으로서 매우 중요하다.

을묘년의 사직소를
읽는 마음

『을묘사직소』라 하면 보통 사람들에게는 낯설 것이다. 실제로는 시집 한 권도 안 되는 왕에게 올리는 상소문이다. 사직서라면 공적인 문서형식의 글이라고 생각하겠지만 사실 왕에게 올리는 편지글이기도 하다.

2025년 올해가 을사년이라서인지, 그도 아니면 나라가 어지러울 때라서인지 특히 다시 읽는 『을묘사직소』가 가깝게 와닿는다.

남명南冥 曺植, 1501~1572은 『을묘사직소』를 올리며 1555년 5월에 경상도 일대를 몇 차례나, 몇 년 동안이나 왜구들이 들어와 노략질한 일을 고하고, 배고픔을 생각지 않는 것만으로 배고픔을 견딜 수밖에 없는 백성들의 처참한 상황에 대해 경고하고 있다. 실제 그가 죽은 지 20년이 지난 뒤에 임진왜란이 일어난 것을 보면, 그의 걱정이 허투루 나온 것이 아니라는 것을 알 수 있다.

그럼에도 그는 "편안하게 마음을 놓아버리고 아무 일도 하지 않아서는 안 된다"라며, 죽음을 무릅쓰고 그가 할 수 있는 일, "그지없이 절박하고 불안한 마음을 이길 수 없어" 상소를 올리는 마음을 표현하고 있다.

남명 조식은 공부하는 사람들에게 늘 깨어있을 것을 주문했다. 젊은 시절 그 스스로 성성자라는 작은 방울과 경의검이라고 새긴 단도를 차고 다니며 늘 자신을 경계했다. 또한 스물다섯 살 되던 해(1525년)에 "관직에 나아가면 세상을 위해 자신의 포부를 실행"해야 하고, 물러나서는 "자신

남명 조식 『을묘사직소』

의 신념"을 지켜야 한다는 원나라 허형의 글귀를 만나고 모골이 송연할 정도로 큰 깨달음을 얻었다고 한다. 즉 당시로서는 이 말은 깨어있는 지식인이 되어야 한다는 말이었다. 관직에 나아가서도, 물러나 있어도 자신의 신념에 따라 실천해야 한다는 뜻일 것이다.

한 지식인이 시대를 제대로 읽고, 행동할 때, 자신의 나라를 구한 예를 나는 남명 조식에게서도 보았다. 이러한 스승의 가르침에 따라 그의 제자와 그 후손들 50여 명이나 임진왜란이라는 국가 위기에서 의병을 조직하여 적과 싸웠다. 또한 이 정신은 구한말 형평운동, 진주 농민 항쟁으로, 일제로부터 독립 활동으로 이어졌다. 경제 개발시기에는 진주 중심의 서부 경남 일대에서 LG, GS, 삼성, 효성 등 대기업들의 창업자들이 대거 나오면

서, 그들이 공유하고 있는 정신이 무엇인지 확인하는 연구 작업이 이어지고 있다.

지금은 시대적 전환기에 있다. 우리 교육계도 교육 현장에 AI를 적용하여 효율성을 높이고, 또한 AI 활용 능력을 키워야 할 것이다. 요즘은 기술에서 한번 뒤처지면 따라가기가 쉽지 않다. 중국의 경우는 시진핑 주석을 비롯한 주요 당 지도부가 거의 공과대 출신들이며 기술 최강국을 꿈꾸고 있다. '한국은 의과대에 미쳐있고, 중국은 공과대학(기술)에 미쳐있다.'라는 기사가 나올 정도로 역량을 집중하고 있다. 또한, 전 세계에 흩어진 자국 인재들을 끌어모으는 것도 모자라 우리나라에서까지 인재들을 끌어가기 위한 유인책을 쓰고 있다. 그런 이웃 나라 옆에서 우리는 한순간이라도 방심하고 있을 수 없다.

4차 산업혁명, 생성형 AI가 불러올 교육과 연구의 변화에 대응할 수 있는 다양한 방안을 마련할 필요가 있다. 특히 K-기업가 정신과 연계한 4차 산업혁명 시대의 소양 교육과 생성형 AI를 활용한 교육 강의, 연구, 행정 업무 처리 등 생성형 AI의 다양한 활용방안을 교육하고 이를 실제로 적용해 가야 할 것이다.

더 유연한 수요자 중심의 교육정책으로
공부하러 오는 경남으로 만들자

지자체와 학교

나날이 변화하는 환경과 다양한 수요에 맞는 교육의 필요성에서 수요자 중심 교육이라는 개념이 나왔다.

교육도 일종의 공공소비재다. 학생과 학부모들의 학교에 대한 기대치는 각양각색이다. 이 기대치를 다양하게 반영하고 수요에 맞춰야 외면받지 않는다.

또한 각 지역의 교육 환경과 특성도 제각각 다른데, 각 지역의 수요에 맞는 내용도 발굴하고, 교육 체계를 마련하려면 어느 정도 독립성과 자율성을 유지할 수 있어야 할 것이다.

이공계 교육자이자 연구자인 나에게는, 산업계와 기술 연구 협력의 경험이 많다. 산자부의 "소재부품전략위원회 위원장"을 오랫동안 맡아 산업의 방향성도 잘 이해하고 있으며, 산업계 사람들과 지속적인 교류를 해왔기에 그들이 요구하는 인재와 자질이 무엇인지 잘 알고 있다. 또한 2번의 총장을 역임하고 대학교를 통합한 행정 경험을 가진 총장 출신으로서 우리나라 교육의 행정적 상황과 실태를 알고 있다고 자부한다.

그동안 교육계에 있으면서 세운 나의 뚜렷한 목표 중 하나가 학령인구가 빠져나가게 놔둘 수 없다는 것이다. 경남은 인구가 많이 빠져나가는 지역 중 하나인데, 배우고 싶은 것이 있는데 학교나 시설이 없어서 타지로 가는 경우가 많다. 교육 때문에 다른지역으로 이사 가야한다는 오명을 듣지 않으려면 하루라도 빨리 양질의 중등·고등 교육을 받을 수 있는 환경을 마련하여야 한다. 특히 우리 지역의 산업과 더 긴밀하게 연계하여 경남에 특화된 프로그램을 발굴하고 이를 반영하여 경남 지역 안에서도 학생들이 타지로 가지 않고도 진학하고 또 직업까지 찾는다면 지역 소멸은 막을 수 있을 것이다.

나는 교육에 있어서 경남이 조금이라도 변별력을 가지려면, 지역 특성에 맞는 특성화 학교와 특수 목적고 등 지역 명문 학교를 만드는 것이 필요하다고 본다.

현재 경남에서는 흥미를 느끼는 과목이나 잘하는 과목을 더 좋은 교육환경에서 배우려는 학생은 중학교로 진학할 때부터 고등학교 때문에 다른 곳으로 빠져나간다. 서울은 물론, 경남과 경계를 이루고 있는 전남, 전북, 경북, 부산, 대구, 울산, 심지어 제주도까지도 빠져나간다.

수요가 있음에도 경남에 맞는 특수 목적고나 특성화 학교가 없어 학생의 재능을 사장 시키거나 다른 지역으로 갈 수밖에 없는 일을 지켜보는 것은 안타깝다.

지금은 기술 기반 교육이 중요하다. 특히 우리 경남은 우주 항공 및 방위 산업을 키울 필요가 있다. 이미 사천, 진주 중심으로 기반은 마련되어 있다. 또한 AI 기반 로봇산업도 유망하다. 이렇게 지역의 특성을 잘 살려 보다 창의적이고 유연한 교육 정책을 펼쳤으면 한다.

또한 특수목적고 형태의 학교를 더 설립하여 우리 지역 학령인구 유출을 막아야 할 것이다.

이런 부분은 과기부나 교육부, 산자부 같은 곳과 일을 많이 하고 있었던 분야라 나는 이 문제에 오랫동안 어떻게 하면 체계적으로 현실화할 수 있을 것인지 고민해 왔다.

경남 사천의 우주 항공 영재고 같은 경우는 설립하는 것도 좋은 방법이다. 진주에 있는 경남과학고등학교를 영재 고등학교로 전환을 시켜서, 경남 영재고등학교에 대한 지표로 삼을 수도 있다. 경남과학고등학교의 역량을 보면, 영재고등학교로 전환할 만한 충분한 역사나 역량을 가지고 있다.

경남에 또 하나의 과학고등학교를 설립하는 것도 좋은 방법이다. 기존에 있는 학교가 있으니 몇 개의 학교를 더 만들어 경남의 각 지역에 거점이 될 "十자형" 특목고 벨트를 만들어서 멀리 가지 않고, 자신의 지역 안에서도 좋은 학교에 다닐 수 있도록 했으면 좋겠다. 창원에는 과고가 있으니, 양산이나 김해에 과학고를 더 설립하고, 사립고, 자율형 공립고, 자율형 사립고, 국제고, 외국어고 등을 설립하여 인재 유출을 막아야 한다.

경남 서부, 중부, 동부에 각각 세 개씩 정도 마련하고 위, 아래를 엮어 십자형으로 서로 교차 되면 경남에서도 충분히 공부할 만한 학교가 제대로 마련될 것이다.

또한 경남에 맞는 AI 자동화 기술 농업학교, 첨단기술 중심 학교 등 각종 특성화 고교와 지역 특성에 맞는 시범 대안학교를 마련 하는 것도 고려할 만하다.

일반계 고등학교도 우수 학교들의 사례를 도입하여 전반적으로 지역 내 학교들의 수준을 끌어올릴 필요가 있다. 각 지역의 우수 학교를 벤치마킹하여 우수한 요소들을 추출하고 메뉴얼화하여 각 학교가 처한 환경에 맞는 것으로 선택하도록 한다. 각 학교가 선택한 요소들을 실행하기 위해 충분한 지원을 하고, 운영의 자율성을 부여하고, 그 결과에 대해서는 책임을 지도록 한다. 각 일선 학교도 각자 선택한 방향으로 노력하면 지역 학교 교육에 활기를 불러일으킬 수 있을 것이다.

나는 경남의 교육 혁신을 통해 문제를 해결하고 그 경험을 경남발 전국적인 교육 혁신으로 확산, 발전시키길 원한다. 그리하여 한국 교육의 각종 병목현상 문제를 해결해 보겠다는 큰 꿈을 가지고 있다.

다양한 모습의 학생

경남 지역의 교육 문제에 있어서 가장 두드러진 현상이 저출산 노령화로 인한 지역 사회 위축과 소멸, 그리고 다양한 계층 문제가 병존한다는 것이다. 인구 감소, 혹은 소멸 문제뿐만 아니라 예전만큼 균질한 사회가 아니라 이주민 등 다양한 계층과 문화적 특성을 가진 학생을 교육해야 한다. 이주민과 다문화 가정 교육, 직업이나 사회 재교육 문제 등 교육을 둘러싼 환경은 사회 문제까지 겹쳐 복잡한 양상을 띠고 있다.

인구 소멸 지역의 학교 통, 폐합 문제, 그리고 다문화 가정의 교육과 이주노동자들의 교육, 직업 재교육 등에 대해서도 종합적이고도 합리적인 대안을 마련하고 대처해야 한다.

먼저, 소규모 학교의 통합과 존치는 학교 공동체가 결정하고, 다양성을 인정하여야 한다. 단지 교육청은 최대한 교육적 효과를 거둘 수 있도록 다양한 방안을 강구하고 그 실행을 지원하는 것이 타당하다.

인구 소멸 지역의 나 홀로 입학학교, 학생이 다섯 명 이하의 초등학교는 지역 단위 기숙형 학교를 마련할 필요가 있다. 초등학생 기숙학교라고 하면 부모로서 반대할 수도 있지만 내용이 좋은 교육을 제공한다면 학부모들도 동의하리라 본다.

이왕이면 사교육이 전혀 필요 없을 정도로 양질의 다양한 교육을 실행했으면 좋겠다.

각 가정으로 돌아가는 주말이면 부모가 방문하든지 하교도 시켜주는 등의 편의를 제공하고, 학부모를 위한 편의 시설도 갖추었으면 한다. 학부모가 학교로 방문했을 때도 별동의 학부모 가족실 같은 곳을 마련하여 같이 지내며 생일 등 가족 기념일을 보내도록 하는 것도 좋을 것이다. 학교 또한 이런 생활밀착형 각종 이벤트를 서비스 차원에서 지원해 주어도 반응이 좋으리라 생각한다.

폐교 수준의 학교를 유지하는 비용을 좋은 시설과 교육 프로그램에 투자한다면 학부모들의 반응도 좋으리라 생각한다. 우선은 몇몇 지역에서 시범 학교로 선정하여 먼저 시행해 보는 것도 좋을 것이다.

경남 지역에는 외국인 산업 인력 노동자와 이민이나 국제 결혼 등으로

1회용품 안 쓰기 캠페인

이루어진 다문화 가정이 많다. 이들을 위한 체계적 교육이 필요하다.

특히 이민자의 경우 자신들만의 공동체를 이루고 쉽게 동화되려 하지 않아 사회 갈등 요인이 되는 것을 특히 프랑스나 독일 등 유럽 국가들에서 볼 수 있다. 특히 사회 통합을 위한 교육은 어릴 때부터 해야 한다.

노암 촘스키Chomsky의 언어습득 장치LAD 이론이나 심리학자 레이먼드 카텔Raymond Cattell의 유동 지능Fluid Intelligence과 결정 지능Crystallized Intelligence 이론에 따르면, "사회화의 결정적 시기Critical Period Of Socialization"가 있다는 것을 인정하고 있다. 즉 "사회성과 문화 습득에는 결정적 시기가 존재한다"라고 한다. 이는 어린 시절의 교육, 문화, 인간관계 상호작용이 얼마나 중요한지 보여주는 근거가 된다.

경상남도에는 생각보다 다문화 가정이 많다. 그런데 교육적 측면에서 유아의 교육에만 관심을 가지기 쉬운데 유아의 교육은 부모와 연관되어 있다. 그래서 아동의 교육뿐만 아니라 부모의 교육 문제가 뒤따라야 한다. 어느 가정이든 유아기 교육엔 부모의 역할이 크다. 지역의 다문화 가정에서는 이 부분이 제대로 이루어지지 않아 아동이나 부모들이 정서적으로나 물리적으로 오랫동안 고립되거나 소외될 수가 있다.

다문화 가정의 경우 유아, 유치원부터 초등학교 저학년부터 교육에 관심을 기울이고 가정 교육의 핵심인 아동의 부모 교육도 병행해야 할 필요성이 대두되고 있다. 이들 가정의 외국인 구성원 교육을 돕는다면 아이에게도 좋은 영향력을 미치겠지만 외국인 부모도 좋은 직장인이 될 수 있다. 그래서 비슷한 처지의 외국인 이민자들에게도 도움을 줄 수 있다.

실제 김해 지역이나 진주 지역에서 다문화 가정을 위한 부모 학교에 교육 지원을 하는 분들이 꽤 있다. "한마음 교육봉사단"의 다문화 엄마 학교를 이끌고 있는 최병규 카이스트 명예교수 또한 일찍이 엄마 교육의 필요성을 느끼고 이 일을 해 오고 있다. 제도상 다문화 가정의 엄마들에게는 교육청에서 지도할 수 없다는 제도상의 맹점을 개선해 나가야 한다. 특히 현장에서 다문화 가정의 부모 교육을 할 때면, 교육청뿐만 아니라 직업교육 목적으로 지역 자치단체가 함께 해야 하는데, 관심과 지원이 미치지 못해 이 부분이 상당히 아쉽다고 말한다. 개인의 역량으로 넘어설 수 없는 보다 체계적이고 유기적인 시스템이 필요하다고 최병규 명예교수는 강조했다. 그런데 이런 문제는 우리 지역만의 문제가 아니라 농촌 중심으로 전국적인 규모로 지원을 확대하기 위해 노력하고 있다고 한다. 나 또한 이런 문제를 단순히 개인의 차원에 맡겨둘 것이 아니라 공적으로 지원하고 제도화할 필요성을 느낀다.

다음으로 국내에 들어 온 외국인 근로자들의 재교육도 필요하다.

산업단지가 많은 경남에도 외국인 근로자들이 많은데, 정서적으로나 언어가 통하는 출신 국가 사람들끼리 집단을 이루기가 쉽다. 따라서 자연스레 현지인들과 접촉이 줄어들어 현지 언어와 문화 습득이 늦어질 수 있다. 이들에 대한 언어와 문화, 정서 교육이 제대로 이루어지지 않으면 사회적 갈등의 원인이 될 수도 있다. 외국인 근로자들의 경우 가장 큰 문제는 언어소통이다.

　이들의 교육을 위해 대학보다는 기존의 실업계 고교에서 담당하는 방안도 생각해 볼 필요가 있다. 경제개발 시절에는 실업계 고교를 통해 기술자들을 양성하였지만, 지금은 대부분 대학에 진학하는 실정이어서 기술학교의 수요가 줄어 학교를 통폐합해야 하는 처지에 있다. 해외 유입 산업 인력의 양성과정에서 실업계 고교를 활용하면 좋을 것이다. 실업계 고교 진학을 위해 입국하기 위한 조건이 의사 소통을 할 수 있을 정도의 한국어 능력이다. 또한 실업계 고교에서 맞춤 형태의 언어를 비롯한 단기 기술 과정을 교육받으면 학력 인증을 해주는 제도를 마련해야 할 것이다. 이는 폐교당할 위기에 있는 실업계 학교도 유지할 수 있고 외국인 산업 인력의 기술 양성에도 도움이 될 것이다.

교사

　교육 현장에 가보면 수업 준비 외 교사들의 업무량 또는 수업 준비를 제외한 교수들의 업무량이 상당히 많다. 거기에다 학생들 개개인의 관리와 각종 행사 등 의외로 생활 밀착형 업무들도 있다.

　한국교육개발원이 2023년에 발표한 내용을 보면, 2013년부터 10년 동안 교사들은 학생의 과제를 채점하거나 수정하는 평가 활동과 행정업무에 실제 수업 시간보다 더 많은 시간을 사용하고 있었다. 행정업무에 사용하는 시간이 5.73시간에서 7.23시간으로 대폭 늘어났는데, 오히려 수업 시간은 지난 2013년 18.72시간에서 2022년 16.47시간으로 줄었다.

연구를 수행한 한국교육개발원은 행정업무에 상대적으로 더 많은 시간을 사용하는 바람에 수업 및 평가, 교육과정 재구성, 학생 상담처럼 정말로 중요한 분야는 정작 소홀해질 우려가 있다고 지적했다.

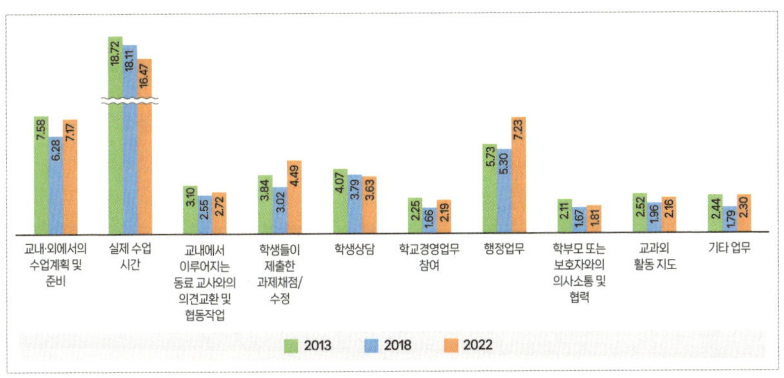

직무수행 세부 활동별 사용 시간(2013,2018,2022)

초·중·고 교사들의 근무 시간 내 직무 소요 시간은 주당 총 43.12시간이었다. 근무 시간 외 주당 평균 9.91시간을 추가로 소요하여, 총 주당 평균 53.03시간을 일하고 있는데 이는 노동법에 제시된 48시간보다 훨씬 많은 수치였다.

또한 한국 교사의 행정 업무 시간은 평균 6시간으로, 핀란드(1.3시간)의 4배, OECD 평균(2.9시간)의 2배에 달한다고 한다.

이러한 행정적 업무량을 획기적으로 줄이려면 온라인 시스템 구축으로 학생들의 생활기록부 작성, 출결 관리, 각종 공문서와 보고서 등 기록

데이터 관리를 디지털화할 필요가 있다. 학생의 출결 체크, 수업 내용, 평가가 저절로 자동 등록이 되도록 서로 연동시키는 작업을 해야 할 것이다. 또한 교사를 위한 체계적이고 다양한 교육 프로그램을 마련해야 할 것이다. 더 나아가 각 지역 "교육청 책임제"를 마련하여 실질적으로 교사들이 체감할 수 있는 지원을 해야 할 것이다. 악성 민원 전담 인원, 법률서비스, "대언론서비스"를 두어야 하고 또 다양한 인센티브를 마련하여야 한다. 또한, 학부모에게 교사들의 처우도 생각하도록 교육의 장을 마련하여야 할 것이다.

교사들을 위해서는 학부모들이나 학생, 학교와의 갈등이나 마찰을 해결해 줄 수 있는 교사를 위한 심리적, 법적 장치 마련이 시급하다. 교사들이 보호받고 있다고 느낄 수 있게 만들어 주는 것이 중요하다. 교사가 수업에 집중할 수 있는 환경을 마련해주어야 실제로 좋은 수업이 이루어진다. 이를 위한 적절한 재교육과 안전장치 마련이나 행정적 지원을 아끼지 않아야 할 것이다.

영국이나 미국, 아일랜드의 교사 노조 등 해외에서도 교사들을 위한 다양한 안전장치를 마련하고 있다.

한국에서도 이러한 사례를 참고하여, 특히 학교 내 여러 사고에서 교사 보호를 위한 법적 대응팀 구성, 민원 처리 절차의 체계화, 교사 노조의 법적 지원 강화 등을 고려할 수 있다. 이를 통해 교사들이 안정적인 환경에서 교육 활동에 전념할 수 있도록 지원하는 것이 중요하다.

지난 2025년 3월 교육부가 주말에도 교사를 찾는 학부모들의 민원 상담을 위하여 "학교 온라인 민원(소통) 시스템"을 구축한다고 발표했다. 이 시스템은 오는 2학기부터 전국 초 · 중 · 고등학교 및 특수 학교에서 시행될 예정이다.

이는 주말에도 교사에게 개인적으로 연락을 취하는 악성 민원으로부터 교원을 보호하기 위해 마련된 것으로 기존의 '나이스 학부모 서비스'와 연계하여 상담 예약과 민원 처리를 지원한다.

디지털 교육 시스템 활용

우리 학생들은 수업에 있어서나, 학교 내 생활에서 주도적이지 못했다.

오랫동안 우리에게 익숙한 학교 수업 형태는 질문과 토론이 없는, 교사가 일방적으로 설명 형식의 수업이었다.

학생들이 말로써 자기 생각을 밝히고 다른 사람의 생각을 수용해 가는 토론을 힘들어하듯 자기 생각을 밝히는 논술이나 에세이 형태의 글을 쓰는 것에도 매우 소극적이다. 또한 학업에 대한 자신의 계획과 실천 방식, 스스로 하는 평가에 대해서도 사실상 소외되어 있었다.

지금의 생활기록부에는 학생들의 학교생활과 학업 성취 과정에 관한 자기 생각과 기록이 반영되지 못한다. 학생 스스로 자신의 목표를 밝히고, 실천 계획을 세우고, 그것을 성취해 가는 과정이 담겨야 생활기록부가 의미 있지 않을까 한다.

때로는 기록 그 자체가 학생에게는 동기부여가 되며, 그것을 매개로 교사와 소통하고 상담하는 자료가 되는데, 우리는 그것을 평가도구로만 활용할 뿐 정작 학생들의 교육과정에 관한 관심은 없어 보인다. 그래선지 학생들은 자신의 학업 과정에 대해서 무엇인가 서류에 기록하는 것을 몹시 두려워한다. 실제로 우리나라 생활기록부는 학생의 진로 희망 사항만 기록될 뿐 주로 교사가 작성한다.

기왕이면 디지털 대변화를 꾀하는 우리 교육 현장에서도 생활기록부에 매년 학생들이 자기 생각, 목표, 활동 등을 직접 기록할 수 있도록 하고, 여기에 교사의 조언 등을 함께 기록하여 학생과 교사가 공동 구성하는 성장 이력으로 만들면 좋을 것이다. 이렇게 자신의 성장 이력을 스스로 기록하게 하면 학생의 자기 주도성과 주체성을 기를 수 있고, 학업에 대한 책임감을 강화할 수 있을 것이다.

2025년부터 고교학점제가 전국적으로 확대 실행되었다. 학습 선택권을 학생들에게 허용하고 자율성을 기르기 위한 것이다. 이는 교육에서 학습자에게 선택권과 주도권이 더 많이 주어지는 것을 의미한다.

학업 주도권이 점점 학생에게로 넘어가야 하는 데는 모두 공감하지만, 그 과정이 순탄치만은 않을 것이다. 학생과 학부모들의 혼란스러움뿐만 아니라 일선 교사들의 수업 부담도 가중되고 있다. 이를 해소하기 위한 보완 도구로 AI 디지털 학습 플랫폼 구축도 본격화하고 있다.

에스토니아는 우리보다 조금 더 일찍 에쿨Ekool이라는 전국 공통의 디지털 학습 플랫폼을 사용하여 학교 밖에서도 일정한 수업을 하고 있으며, 학생 스스로 수업 결과를 평가하고 기록하고 있다. 여기에 교사, 학생, 학부모가 모두 접속이 가능하며 수업 내용 과정, 평가, 출결, 과제, 피드백, 진로 정보 등이 통합 관리되며 이것을 대학 진학할 때 활용한다.

현재 교육부는 "공교육의 디지털 대전환"을 목표로 디지털을 활용한 교실 수업을 학교별로 2025년부터 초3, 4, 중1, 고1부터 순차적으로 적용, 실시하고 있다.

인공지능 디지털교과서는 기본 개념을 익히고, 자료를 제공하는 등 학생 스스로 공부하는 것을 돕는 보조교사로 활용할 방침이다.

학생은 개별적으로 AI 디지털 교재를 활용하여 수업에 대한 이해도나 접근성을 높이고, 교사는 학습 현장에서 학생들의 흥미와 호기심, 그리고 실생활이나 사회문제에 바탕을 둔 토론과 문제해결의 수업 방식을 개발하고 실행한다면, 교실의 모습도 많이 바뀔 것이다. 더 이상 가만히 앉아서 설명 듣는 형태의 수업 모습은 아닐 것이다.

이처럼 디지털 플랫폼은 잘 활용하면, 학생 개인의 흥미와 진로, 수준에 맞는 수업 설계가 가능하며 또한 학생의 스스로 학습 이력이나 기록이 가능한 강력하고 편리한 학습 도구가 될 것이다.

교사 또한 디지털 플랫폼에서 제공하는 다양한 교재나 자료를 토대로 학생들 스스로 답을 찾아가는 수업을 시도할 수 있으며, 그 결과를 동료 교사와 협업하거나 이를 공유하여 교사의 역량 개발에도 도움이 될 것이다.

따라서 교사들을 위한 AI 활용과 새로운 교수법 등에 관한 교육도 이루어져야 할 것이다. 이처럼 각 주체가 디지털 플랫폼을 능숙하게 사용할 수 있는 역량을 쌓고 규범을 만들 필요가 있다.

또한 디지털 학습 플랫폼은 시간과 공간적 제약에서 벗어나 학교 밖에서도 학습할 수 있다. 이는 언제 어디서든 원하는 수업을 들을 수 있으므로 개개인의 자질이나 환경적 제약, 그리고 지역의 교육 불균형 해소에도 도움이 되는 방향으로 사용되길 기대한다.

현실로부터 배우는 교육

올해 3월 산청에 대형산불이 발생하였다. 뒤이어 지난 7월 20일부터 고향 산청을 비롯한 합천, 하동, 의령 등 경남 지역 곳곳에도 수해를 입었다는 소식을 듣고, 그 현장을 찾았다. 왜 대형산불이 발생하고 극한 호우가 발생하는가? 2018년 이후 가장 더운 여름임에도 불구하고 "이번 여름이 가장 시원한 여름이 될 것이다."라는 예언이 지구에 드리워진다. 교육에서부터 기후변화 교육과 탄소중립 실천화가 필요하다.

삶이 뒤집힌 자리는 늘 등줄기 서늘한 채찍처럼 정신을 번쩍 들게 한다.

딛고 선 발밑이 뒤집히면 땅을 의심하듯 일상이 무너진 자리에서는 저절로 자신을 돌아보고 또 삶을 다시 한번 생각하게 된다.

우리는 잊고 있었을 뿐 원래 뒤집힐 수 있는 자리 위에서 살고 있었단 생각이 드는 것이다.

그렇게 토사가 흘러내리고, 집으로 물이 들어차고, 열매 자라지 않은 논

2025년 산청 수해 봉사

밭 작물들이 흙을 뒤집어쓰고 젖어 있었다. 창원 새마을회 봉사자, 국립 경상대학교 봉사자, '경남환경회의' 사람들과 함께 흙을 치우고 물을 퍼내고, 쓰레기를 치웠다. 창원, 마산의 환경교육연대 관련 단체들과 6일간 봉사를 했다. 많은 사람들이 달려와 함께 땀을 흘리며 일을 거들었다. 눈앞에서 그 참혹한 현장을 안 보았으면 모를까 한번 보게 되면 계속 오게 된다. 한 손이라도 더 보태는 것이 얼마나 절실한지 직접 보았기 때문이다.

나중에는 너무 무더운 칠월의 땡볕이라 새벽에 출발하자는 나의 말에 사람들도 머리를 끄덕여 주었다. 한낮에 일하는 것은 너무 더워 효율이 낮다. "새벽에 일하고 해 뜨면 쉰다"는 선조의 지혜를 생각해 6시부터 10시까지 일하는 것이 효율이 훨씬 더 좋았다. 일의 양과 온열질환의 위험 감소로 피해 주민도 좋아했다. 그곳이 어디든 삶의 현장에서 직접 몸으로 땀을 흘리며 배운 것들은 위기일 때 유용하다. 그래서 현장에서 배운 것이 진정한 지식이라고 사람들이 말하는 모양이다.

앞으로 이런 자연의 위기가 나날이 더 심해질 것이 걱정이다. 한해 한해가 심상치가 않다. 수해 지역을 다니다 보면 재해도 재해지만 거들 사람이 없어서 복구가 늦어지거나 오랫동안 방치되는 것이 걱정이다. 시골 주민은 대개 나이도 많아 복구에 엄두를 못 내고 허탈해 있다. 생명을 기르는 농사는 때가 있는 일이다.

때를 알고 그 때에 따라, 현장에서 직접 마주치면서 배우고 또 외면하지 않는 것. 그 시간을 함께하는 것. 이것이 교육의 전부는 아니지만, 기본적인 출발점이 아닐까. 서로 거들고 함께 하면서 배우고 깨닫는 삶에 대해 오래 생각했다. 사람들이 땀 흘리며 쓸고 닦고 세우니 예전만 못해도 서서히 제 모습이 드러나고 있었다.

권순기, 교육에 감동을 새기다

권정호

전) 경상남도교육감(2007년~2010년 초대 주민직선)

권순기 총장님의 자서전 『권순기의 교육 감동』 출판을 진심으로 축하드립니다.

저는 권순기 총장님의 맏형이신 고(故) 권순찬 학장님과 깊은 인연이 있습니다. 한국방송통신대학과 연암공업대학 학장을 역임하신 고인께서는 남명학연구원 초대 이사장을 맡으셨고, 제가 그 뜻을 이어 후임 이사장을 맡은 바 있습니다. 그 인연으로 권순기 총장님을 평교수 시절부터 지켜보며, 학문적 열정과 교육자로서의 헌신을 오래전부터 알고 있었습니다.

권 총장님의 삶을 돌아보면, 지리산의 깊은 품이 길러낸 시대의 인재라 할 만합니다. 가난을 이겨내고 학문에 매진하여 학자로서 이름을 떨친 것, 두 차례의 총장 재임을 통해 지방대학의 한계를 넘어 경상국립대학교를 굳건한 반석 위에 세운 것, 그리고 남명 조식 선생의 '경敬'과 '의義' 정신을 실천하며 지역사회에 신망받는 리더로 봉사한 것 모두가 그 증표입니다.

저 또한 진주교육대학교 총장을 지낸 사람으로서, 권 총장님이 이룩한 여러 업적의 의미를 누구보다 깊이 공감합니다. 경남의 미래를 담은 우주항공대학 설립, 경상대학교와 경남과학기술대학교의 통합, 그리고 그 기반 위에 중앙정부의 '글로컬 대학' 선정이라는 성과는 지방대학 혁신의 새로운 장을 연 역사적 발자취로 기록될 것입니다.

한편, 과학자이자 연구자로서 권 총장님은 삼성디스플레이, LG전자 등 글로벌 기업과의 공동연구를 통해 대한민국의 번영이 과학기술의 진보 위에 서 있음을 몸소 증명하셨습니다. 이러한 경험과 통찰은 인공지능 시대를 살아갈 우리 교육에 창의와 혁신의 씨앗이 될 것입니다.

이번 자서전 출판이 총장님의 삶과 철학을 되새기고, 경남의 모든 학생과 선생님들, 학부모들, 나아가 도민들께 새로운 영감과 감동을 전하는 뜻깊은 계기가 되기를 바랍니다. 다시 한 번 진심어린 축하와 응원의 박수를 보냅니다.

교육으로 세운 희망의 등불

남성 김장하
진주 명신고등학교 설립자, 남성당한약방 대표

권순기 총장님, 진심으로 축하드립니다.

교육의 본질과 가치를 한 권의 책에 담아 세상과 나누게 된 오늘, 그 뜻깊은 자리에 축하의 인사를 전하게 되어 매우 감회가 깊습니다.

권순기 총장님은 평생 교육의 길에 헌신해 오신 분입니다. 경제적 여건이나 환경에 관계 없이, 누구나 자신의 능력과 노력에 따라 공정하게 배움의 기회를 가져야 한다는 총장님의 신념은 저 역시 오래 품어온 꿈이기도 합니다. 산청의 가난한 산골마을 소년에서 오직 공교육의 힘으로 성장하여 국립대학교 총장의 자리에 오르기까지 여정은, 우리의 꿈이 현실이 될 수 있음을 보여주는 감동적인 이야기입니다.

『권순기의 교육 감동』은 단순한 회고록이 아닙니다. 교육이 한 사람의 인생을 어떻게 변화시키고, 또 그 사람이 다시 교육을 통해 사회를 어떻게 바꾸어 나가는지 생생히 증언하는 기록입니다. 그 중심에는 언제나 '사람'이 있고, '희망'과 '나눔', 그리고 '동기부여'가 있습니다. 이러한 철학이야말로 우리 사회가 추구해야 할 교육의 본질이라 믿습니다.

교육은 단지 지식을 전달하는 과정이 아니라, 인간의 가능성을 키우고 한 지역의 미래를 여는 가장 강력한 힘입니다. 사회·경제적 배경에 상관없이 모든 이가 자신의 잠재력을 발휘할 수 있는 맞춤형 교육을 실현하고, 서로의 다름을 존중하는 공동체를 만들어 갈 분이 권순기 총장님이라고 생각합니다.

『권순기의 교육 감동』 출판을 진심으로 축하드리며, 이 책이 우리 사회에 용기를 전하는 등불이 되기를 바랍니다. 총장님의 새로운 여정에도 변함없는 응원과 지지를 보냅니다.

새로운 초중등 국제화 교육의 발상지 경남

류재현

재미한인과학기술자협회 회장 / Idaho대학교 교수

권순기 (전) 경상국립대 총장님의 『권순기의 교육 감동』 출판을 진심으로 축하드립니다. 저는 미국내 한인 과학자 및 공학자 약 7000 여명이 회원으로 활약하는 미국의 최대 한인과학기술자 단체로 70 여개의 지역지부와 20개 이상의 전문분과 등 다양한 하위조직을 가지고 있는 재미 한인과학기술자협회 회장 류재현입니다. 우리 협회는 미국과학재단, 우주항공청, 국가보건기구, 에너지부 등 주요 연구기관과 협력프로그램, 한미공동사업, 청소년 과학캠프 등을 운영 중입니다.

오늘 이 자리는 한 사람의 교육자가 걸어온 발자취를 되새기며, 우리 교육이 나아가야 할 새로운 길을 함께 모색하는 뜻깊은 자리입니다. 저는 미국에서 수많은 과학기술인들과 함께 일하며, 세계적인 대학과 연구소, 그리고 기업을 접해왔습니다. 그 현장에서 가장 인상 깊었던 것은 아이들이 스스로에게 동기를 부여하고, 미래를 향한 비전을 스스로 그려가는 교육의 힘이었습니다.

우리의 초·중·고 학생들도 세계의 유수의 대학, 연구소, 기업체를 견학하고, 과학과 문화, 기술과 창의의 현장을 직접 느끼며 자신을 성장시킬 수 있어야 합니다. 그것이 바로 총장님께서 말씀하신 '교육 감동'의 실천이라고 생각합니다.

이제 대한민국은 원조를 받던 나라에서 원조를 주는 나라로 당당히 자리 잡았습니다. 그만큼 우리 교육의 역할도 달라져야 합니다. 과거 우리에게 도움을 주었던 나라, 그리고 우리가 상처를 남겼던 나라의 학생들까지 함께 성장할 수 있도록 돕는 성숙한 교육이 필요합니다. 다문화 사회의 다양성을 포용하고, K-문화 산업을 이끌 인재를 기르는 교육이 바로 미래 대한민국의 경쟁력입니다. 총장님께서 강조하신 '새로운 국제화 교육의 발상지, 경남'이라는 비전은 매우 의미가 큽니다. 세계의 교육이 경남을 주목하고, 교육을 배우기 위해 찾아오는 경상남도를 함께 만들어가자는 그 말씀은 우리 모두에게 깊은 울림을 줍니다.

오늘 이 자리가 새로운 경남 교육의 도약을 알리는 출발점이 되길 바라며, 권순기 총장님과 함께하는 모든 분들의 앞날에 큰 영광과 보람이 가득하기를 기원합니다.

다시 한 번 『권순기의 교육 감동』의 출판을 축하드립니다.

경남 교육의 새로운 이정표를 기대합니다

오세정

서울대학교 명예교수 / 제 27대 총장 / 연구재단 이사장 / 20대 국회의원

권순기 총장님, 경남 교육감 출마예정자로서 '권순기의 교육 감동' 출판을 진심으로 축하드립니다.

총장님께서는 교육자, 연구자로서의 탁월한 학문적 성취와 더불어 독창적인 기획력과 열정적인 추진력으로 경상국립대학교를 새로운 도약의 길로 이끌어오셨습니다. 국제화, 산학협력, 창업 지원, 대학원 혁신 등 다양한 분야에서 보여주신 리더십은 경남 교육의 미래를 설계하는 밑거름이 될 것입니다.

또한 총장님께서는 다양한 갈등을 슬기롭게 극복하며 가장 성공적인 대학 통합 모델을 확립하셨습니다. 한국 최초의 우주항공 대학 설립과 더불어, '대학 내의 작은 KAIST'로 불리는 경남우주항공방산과학기술원의 설립을 기반으로 경상국립대학교는 글로컬 대학 30에 선정되었으며, 의과대학 정원 증원과 IT가 좌우하는

미래사회에 대응하기 위한 IT 공과대학 설립은 대학의 혁신과 지역 발전에 큰 획을 그은 업적입니다.

특히 사범대학, 자연과학대학, 공과대학을 넘나드는 융합 교육과 연구, 교육부 · 과학기술정보통신부 · 산업자원통상부 등 다양한 국가기관과 협력하여 폭넓은 정책기획, 연구 및 평가, 자문 경험과 정부와의 협력이나 과학기술에서 미래산업까지 내다보는 총장님의 통찰력은 학자이자 연구자, 교육행정가, 그리고 문제해결 전문가로서의 면모를 보여주고 있습니다.

우리나라의 미래, 특히 경남의 미래는 우주항공, 로봇, 방산, 생명과학, 에너지 등의 산업이 좌우할 것입니다. 필요한 인재를 양성하기 위해서는 과학과 공학의 융합 교육이 절대적으로 필요합니다.

이제 총장님께서 과학과 공학 융합 교육의 새바람을 경남교육에서 일으켜 주실 것으로 확신합니다. 교육 현장을 깊이 이해하고 지역사회와 함께 성장하는 교육 비전을 통해 학생과 교사, 학부모 모두에게 감동을 주는 경남교육을 실현해 가시길 기대합니다.

앞으로 이어질 권순기 총장님의 교육 행보를 응원하며 '권순기의 교육 감동'이 경남 교육의 새로운 이정표가 되길 진심으로 기원합니다.

권순기의 교육 감동

초판1쇄 발행 2025년 11월 25일

지은이 권순기

펴낸이 이지순

편집 성윤석 **디자인** 디자인무영

제작 뜻있는도서출판

경남 창원시 성산구 반송동 149 205호

전화 055-282-1457

팩스 055-283-1457

이메일 ez9305@hanmail.net

펴낸곳 뜻있는도서출판

ISBN 979-11-989617-8-5 03800